전지적 독자 시점

전지적 독자 시점

Omniscient Reader's Viewpoint

싱숑 장편소설

비채

PART 1

07

차례

27
Episode

읽을 수 없는 것
(2)

Omniscient Reader's Viewpoint

3

[강력한 충격에서 육신이 깨어납니다.]

['전지적 독자 시점' 3단계가 해제됐습니다.]

서서히 감각이 돌아오며, 의식이 육신에 안착하는 느낌이 들었다. 그런데 뭔가 이상했다. 왜 부활 메시지가 안 뜨지?

['1인칭 조연 시점'의 연결이 불안정하여 당신은 '전지적 독자 시점' 3단계의 보상을 받을 수 없습니다.]

명치에서 서서히 고통이 느껴지며 육신의 무게가 실감 났다. 뭔가 잘못되었다. 힘겹게 실눈을 뜨자, 나를 노려보는 유중혁이 보였다. 아, 깜짝이야.

"김독자, 죽었나?"

어떻게 된 상황인지 조금씩 알 것 같았다. 왜 부활 메시지가 안 떴고, 전지적 독자 시점 3단계의 보상이 안 들어왔는지도 알겠다. 난 처음부터 죽은 적이 없었던 것이다.

"김독자."

단지 죽을 정도로 세게 명치를 얻어맞았을 뿐.

저 빌어먹을 놈. 죽인다고 할 때는 언제고 왜 안 죽인 거지?

「……그냥 처음에 죽여야 했나?」

뜻밖의 메시지에, 나는 열려던 입을 다물었다. 자동으로 발동한 [전지적 독자 시점]. 유중혁의 상념이 폭포수처럼 쏟아졌다.

「이 녀석 때문에 모든 게 뒤틀렸다.」

「이미 내가 아는 이전 회차와 너무 달라졌다. 이용할 수 있는 정보가 너무 제한적이야. 이대로라면 세계를 구할 수 없다.」

얼씨구.

「지난 회차에서 '시간 단층'을 지나치게 오래 이용한 까닭에 구원 교주에게 당했다. 거기서 백 년을 수련한 것은 실수였다. 정신력이 영구적으로 손상되는 바람에 놈에게 당한 거야.」

「아니면 절대왕좌를 손에 넣지 못한 것이 실수였는지도 모른다.」

「이럴 바에는 처음부터 다시 시작하는 게…….」

젠장, 겨우 한 번 졌다고 '회귀 우울증'이 도지시는군. 정신 공격에 당해서 그런가? 나는 혹여나 놈이 딴 맘을 품을까 아픔을 무릅쓰고 외쳤다.

"아파서 뒈지겠다, 자식아!"

내 도발에 유중혁은 나를 힐끗 보더니 가라앉은 음성으로 물었다.

"죽도록 때리라고 한 건 네놈이다. 일은 해결됐나?"

"대충. 급한 불은 껐어."

유중혁의 표정이 그다지 밝아 보이지 않았기에, 나는 쓰린 명치를 만지며 알게 된 사실 중 일부를 말해주었다.

이현성과 연락하고, 정희원을 구한 이야기.

물론 [전지적 독자 시점]에 관한 이야기는 쏙 뺐다.

평소 같으면 허술함에 태클을 걸 법도 한데, 반쯤 정신이 나가 있는 유중혁은 음울한 얼굴로 고개만 끄덕였다.

"그런 일이 있었군. 그래서 이제 어떡할 거지?"

"아직 생각 안 해봤어. 하지만 상황은 무척 낙관적이야."

"유상아라는 여자는 네놈에게 소중할 테니, 그 여자를 찾는 게 급선무겠군. 구원교주에게 잡혀 있는 건가?"

"아마 그렇겠지. 어쨌든 희망적인 상황인 건 확실해."

"뭐가 희망적이라는 거지?"

"중혁아, 우린 세계를 구할 수 있다. 알지?"

그러자 유중혁이 나를 노려보았다.

"대체 뭔 소릴 하는 거냐?"

너무 티가 났나 싶어서 변명하듯 덧붙였다.

"뭐, 그러니까 이런 얘기야. 내 예상이 맞는다면 니르바나는 유상아를 건드리지 않았을 거야. 내가 아는 그 '니르바나'라면 말이지."

"……설마 네놈, 환생자에 관해서도 아는 건가?"

유중혁의 눈이 점차 가늘어졌다.

괜히 대거리했나 싶어 눈치를 보는데, 마침 곁에 있던 민지원이 끼어들었다. 깜짝 놀란 표정이었다.

"두 사람, 꽤 친해지셨네요."

"친해지긴요. 이제 좀 괜찮으십니까?"

"덕분에요. 하마터면 구원교도가 될 뻔했지만."

니르바나와의 조우가 깊은 트라우마를 남긴 듯, 민지원이 고운 입술을 부르르 떨었다. 안타깝지만 그녀의 상황을 배려해줄 시간이 없었다.

"미희왕, 아무래도 도움이 필요할 것 같습니다."

✿ ✿ ✿

나는 미희왕의 화랑들을 이용해 흩어진 일행을 모으기 시작했다.

니르바나의 [사상 감염]으로 인한 추가 피해를 막는 것이 급선무였다. 특히 정신력이 개복치 뺨치는 이지혜 같은 녀석이 이상한 사상에 감염된다면, 한강에 나타난 [유령 함대]가 서울을 쑥대밭으로 만드는 대참사가 발생할 수도 있었다.

　다행히 이길영과 신유승은 가까운 곳에서 투닥거리고 있었고, 건물 한 채를 점령하고 괴이한 농성을 벌이는 공필두도 어렵지 않게 찾았다.

　"난 그 땅에 계속 있고 싶었다."

　"피스 랜드 말이야?"

　"빌어먹을……."

　공필두는 시나리오가 끝난 게 못내 아쉬운 듯했다. 하긴 공필두야 거기서 왕 노릇을 하고 있었으니까. 한수영 녀석은 무려 '여신'이었는데 지금쯤 어떤 심정일지 궁금하다.

　"패왕님! 저희를 받아주십시오!"

　"존경합니다!"

　귀가 곤란해지는 레벨의 아부는 또 뭔가 싶었는데, 모두 이번 시나리오에 새로 유입된 신규 화신이었다.

　우리가 '피스 랜드'에서 돌아왔다는 소문이 그새 퍼진 모양이었다.

　옆을 보니 유중혁도 인상을 찌푸리고 있었다.

　「저런 놈들은 백 트럭이 있어도 세계를 구할 수 없다.」

　「역시 답은 회귀인가…….」

"자자, 우리 패왕님께서는 지금 기분이 안 좋으니까, 다들 꺼지라고. 뒈지고 싶어?"

나는 친히 나서서 우울증의 원인을 제거했다. 신규 화신들은 매니저에게 쫓겨난 사생팬처럼 나를 노려보았다.

"저 새낀 뭐야?"

"못생긴 왕인가 그거라는데."

이 새끼들이 진짜. 참다못해 한 소리 해주려는데, 뜻밖에도 유중혁이 직접 입을 열었다.

"함께하고 싶다면 내게 도움될 만한 인간이 되어서 와라."

평소와는 다르게 냉기 어린 목소리에 묘한 우울감이 배어 있었다. 그렇다 해도 모욕적인 언사인 건 마찬가지라서 팬이 죄다 떨어져 나가겠구나 싶었는데, 웬걸.

"시발, 존나 멋있네…… 저 우수 어리고 다크한 목소리……."

화신들은 남자고 여자고 할 것 없이 모두 뿅 간 것 같은 얼굴을 하고 있었다.

"완전 시크해! 저 강해질게요! 꼭 도움이 되겠습니다!"

세상은 왜 이렇게 불공평한가. 그리고 왜 유중혁만 찾는데? 다들 내가 구원교주를 제압한 건 잊었나?

그때 누군가가 입을 열었다.

"야야, 근데 아까 보니까 저 못생긴 왕인가 하는 사람이 더 센 거 같던데."

"어? 진짜야?"

진짜인지는 모르겠지만, 나도 꽤 세다고 말해주고 싶다.

"거기 인마. 눈깔은 뒤통수에 달렸냐? 당연히 패왕님이 다 패놓은 거 막타 친 거잖아."

"역시 그런가?"

부들부들 떨리는 두 주먹이 조금씩 무거워진다 싶어 내려다보니 신유승과 이길영이 양손에 매달려 있었다.

"난 아저씨 잘생겼다고 생각해요."

"형, 남잔 얼굴이 다가 아니잖아요."

역시 내 편은 애들뿐…… 아니, 신유승뿐이다.

그나저나 못생긴 왕이라니. 내 별명은 어느새 그딴 걸로 자리매김한 모양이다. 솔직히 이해가 가지 않았다. 멸망이 시작되기 전까지만 해도 '못생겼다'라는 말을 면전에서 들어본 적은 없으니까.

우울증은 유중혁이 아니라 내가 앓아야 할 판이다.

"못생긴 왕? 푸하하하."

깐죽거리는 목소리에 고개를 드니 이지혜가 보였다.

비교적 먼 거리에 있는 정희원과 이현성, 현재로서는 데려올 수 없는 유상아를 제외하면 거의 모든 전력이 모인 셈이었다.

그오오오오!

어디선가 들려온 울음소리에 유중혁이 제일 먼저 반응했다.

"대형 괴수종이군. 6급이다."

"그러고 보니 여기도 시나리오 진행 중이랬나?"

이지혜 말대로였다. 일곱 번째 시나리오 '괴수 사냥'은 피스랜드에 참가하지 못한 화신, 그리고 신규 화신을 위해 진행되는 이벤트성 시나리오였다.

······그런데 일곱 번째 시나리오에 6급 괴수종이 나오던가?

내 의문에 답한 것은 민지원이었다.

"죄송하지만, 일곱 번째 시나리오는 벌써 끝났어요."

"아까 진행 중이라고 뜨던데요?"

"아마 보상 정산 중일 때 들어오셨을 거예요. 진행은 마무리된 상황이었어요. 구원교주가 최고 보상을 받았고요."

역시 구원교주인가. 그러고 보니 니르바나를 만났을 때, 구원교도들이 괴수종을 사냥하고 온 듯한 낌새가 있었다.

"그럼 저건 어디서 나타났지?"

"다들 준비해. 한두 마리가 아니다."

유중혁이 '진천패도'를 뽑자 다들 일제히 병장기를 들었다. 그와 거의 동시에 앞쪽 건물이 무너지며 앞발이 거대한 괴수들이 등장했다.

[6급 괴수종, '헤비 하운드'가 시나리오에 등장했습니다!]

얼핏 세어봐도 열 마리가 훌쩍 넘었다.

"6급부터는 이렇게 안 몰려다니는데. 얘들 대체 뭐야?"

우리는 괴수를 향해 제각기 병기를 휘둘렀다. 이지혜가 [귀살]을 발동했고, 공필두가 [무장요새]를 전개했다. 유중혁의 [파천검도], 신유승과 이길영의 [다종 교감]까지 더해지니 사실상 내가 할 일은 거의 없었다. 우리 일행이 강해지기는 한 모양이었다.

그아아아아!

순식간에 6급 괴수종을 열 마리나 정리했지만 사태는 해결되지 않았다.

공필두가 외쳤다.

"또 몰려온다!"

"모두 이쪽으로 오세요!"

어쨌든 피해를 줄여야 했기에 나는 신규 화신들을 대피시키며 '신념의 칼날'로 '헤비 하운드'의 목을 땄다. 물론 틈틈이 떨어지는 괴수종의 핵을 회수하는 것도 잊지 않았다.

[성좌, '은밀한 모략가'가 당신의 추리력을 보고 싶어합니다.]

하지만 뭔가 찜찜했다.

이런 전개는 본래의 3회차에 나오지 않는다. 4회차에도, 5회차에도…… 심지어 10회차에도 없다.

중요한 뭔가를 놓치고 있는 기분이었다.

생각해라, 김독자. 이런 시나리오는 언제 나왔지?

[전용 특성의 효과로 기억력이 상승합니다.]

……설마?

[서울 돔의 화신 여러분께 알립니다.]

기다렸다는 듯 도깨비의 전체 메시지가 들려왔다.

비형은 아니고 처음 듣는 목소리였다.

[갑자기 괴수가 나타나서 깜짝 놀라셨죠? 후후…… 예상하셨겠지만, 다음 시나리오가 시작됐습니다. 저희도 휴식 시간을 좀 드리고 싶었는데…… 아쉽게 됐네요. 이번 시나리오는 저희 도깨비의 주관이 아니라 자동으로 진행되거든요.]

[새로운 메인 시나리오가 도착했습니다.]

[메인 시나리오 #8 - '최강의 희생양'이 시작됩니다!]

내가 아는 여덟 번째 시나리오와 이름이 달랐다.

곧바로 시나리오 내용을 열어보았다.

〈메인 시나리오 #8 - 최강의 희생양〉

분류: 메인

난이도: S

클리어 조건: 밀려드는 괴수들에게서 살아남으시오(해당 시나리오는 4시간 간격으로 괴수 등급이 상승하니 주의를 요합니다).

제한 시간: ―

보상: ???

실패 시: 사망

[아, 참고로. 6급 괴수종은 시작입니다. 네 시간 후에는 5급이, 다시 네 시간 후에는 4급이 몰려올 겁니다. 그리고 다시 네 시간 후에는…… 후후, 뭐 말 안 해도 아시겠죠?]

그러자 화신 중 누군가가 외쳤다.

"뭐야! 뭐 그딴 시나리오가 다 있어?"

"어? 제한 시간이 안 나와 있는데?"

[제한 시간? 하하. 그딴 건 없어요.]

나는 그 말이 사실임을 알고 있었다. 뜬금없이 나타난 구원교주 니르바나, 본래의 3회차보다 강해진 유중혁과 일행들…….

어렴풋이 짐작 가는 것이 있었다.

한 번인가 멸살법에도 분명 이런 전개가 나온 적이 있었다.

[이게 다 여러분이 너무 강해졌기 때문이에요. 세상에, 한국 화신만 이렇게 밸런스가 안 맞게 강해지다니. 욕심도 좀 적당히 부리지 그러셨어요? 이 시나리오는 특정 돔의 화신들이 지나치게 강해졌을 때 자동으로 활성화되거든요.]

당황한 서울 돔 화신들이 웅성거렸다.

[미리 말씀드리지만 이 시나리오의 해법은 둘뿐입니다.]

뒤이어 허공에 추가 조건이 떠올랐다.

추가 클리어 조건(택1):

1. 서울 돔의 화신 절반이 사망할 것.

* 현재 화신 수: 107,624명

도깨비가 감탄한 듯 말했다.

[흠, 아직도 이렇게나 많이 살아 계셨어요? 마침 짝수니 잘됐네요.]

"야! 개소리하지 마!"

"그냥 다 뒈지라는 거냐, 도깨비 새끼들아!"

도깨비가 웃으며 덧붙였다.

[진정들 하세요. 두 번째 조건도 있으니까요.]

추가 클리어 조건(택1):

2. 서울 돔에서 가장 강한 화신 '1명'이 사망할 것.

……이해했다.

그래서 시나리오 이름이 '최강의 희생양'이겠지. 즉 서울 화신의 절반이 죽지 않아도 가장 강한 화신 하나만 죽으면 시나리오는 끝난다.

"가장 강한 화신? 뭐야? 누구 말하는 거야?"

"누군지 알려줘야 할 거 아냐!"

[하하, 알려드릴 수 없습니다. 그것까지 알려드리면 재미가 없잖아요? 뭐, 가장 강하신 분이야 본인이 가장 잘 아시겠지만 말입니다.]

도깨비가 놀리듯이 말했다.

[그럼, 열심히 찾아보세요. 아니면 혹시 압니까? 그 최강의 화신이 정의의 사도라서, 여러분을 위해 목숨을 내놓으려 할지. 아, 이렇게만 해두면 심심하니까 힌트를 좀 드리겠습니다. 그럼 여러분께 이야기의 가호가 있기를.]

〈힌트 1〉

현재 서울 돔에서 열 번째로 강한 화신은 '해상제독 이지혜'입니다.

"와, 뭐야. 말도 안 돼. 내가 겨우 10위라고?"

이지혜가 투덜거렸다. 하지만 일행 중 그 능청에 웃을 수 있는 사람은 없었다. 모두 한 사람을 유심히 보느라 바빴기 때문이다. 그러니까 내가 지금 열심히 생각을 도청 중인 저 인간 말이다.

「모든 게 너무 뒤틀렸다.」
「마침내 내가 모르는 시나리오가 나오고 말았군.」

제발, 유중혁…….

「도저히 바로잡을 방법이 생각나지 않는다. 아무래도 이번 생은 여기서 그만 회귀해야…….」

젠장, 네가 회귀하면 난 어떻게 되는데? 이대로 무력하게 휩쓸려 죽는 존재가 되는 건 절대 사절이다.

나는 이를 악물고 주먹을 불끈 움켜쥔 채 녀석을 노려보았다.

아무래도 내가 나설 순간이 된 것 같았다.

28
Episode

최강의 희생양

Omniscient Reader's Viewpoint

1

삼십 분 뒤, 6급 괴수 무리는 모두 정리되었다. 나와 일행들의 활약, 특히 공필두의 대군 전투가 굉장히 주효했다. 십악을 거둔 보람이 있는 순간이었다.

"이제 한숨 돌리겠네. 다음엔 네 시간 뒤랬죠?"

이지혜가 허리춤의 칼집에 장도를 꽂아 넣으며 말했다. 둘러보니 인근의 전투도 소강상태에 접어들고 있었다. 다른 지역은 모르겠지만, 적어도 강서 지역만큼은 지켜낸 것이다.

물론 모두 무사한 것은 아니었다.

"아버지! 제발, 정신 차려요! 아버지!"

"누가 좀 도와주세요!"

아직 6급 괴수를 사냥할 노하우가 없는 화신들은 변변찮은 저항조차 해보지 못했다. '헤비 하운드'의 앞발에 치여 심각한

외상을 입거나 내장이 터져 명을 달리한 자들. 대부분 신규로 투입된 화신이었다.

[* 현재 화신 수: 90,531명]

겨우 첫 번째 웨이브가 지나갔을 뿐인데, 서울 돔의 십분의 일이 죽었다. 약간 떨어진 곳에서, 유중혁이 화신들을 보고 있었다. 그 모습에 나는 조금 불안해졌다.

도깨비는 말했다. 가장 강한 화신 한 명의 희생을 통해, 서울 돔의 모든 화신이 살아남을 수 있다고.

"야, 유중혁."

유중혁이 나를 돌아보았다. 나는 저 풍경이 유중혁에게 어떤 의미인지 정확히 알지 못했다.

매번 말하지만, 멸살법을 읽었다고 해서 정말로 그 인물의 모든 것을 알 수는 없다. 결국 내가 이해할 수 있는 것은 텍스트고, 그것은 한 번 가공되어 내게 전해지는 것이다.

그리고 어떤 것은 읽을 수 있기에 오히려 읽을 수 없게 되어버린다.

"나랑 잠깐 얘기 좀 하자."

✠ ✠ ✠

우리는 주변 고층 건물의 옥상으로 올라갔다. 가는 길에 오랜만에 유중혁에게 [등장인물 일람]을 사용해보았다.

[전용 스킬, '등장인물 일람'을 발동합니다!]
[해당 인물의 관련 정보가 지나치게 많습니다. '등장인물 일람'이 '등장인물 요약 일람'으로 변환됩니다.]
[사용자의 편의에 따라 임의로 지정한 항목만 표시됩니다.]

〈등장인물 요약 일람〉

이름: 유중혁

배후성: ???

전용 특성: 회귀자(신화) / 3회차, 프로게이머(희귀), 패왕(영웅)

전용 스킬: [현자의 눈 Lv.9] [백병전 Lv.10] [상급 무기 연마 Lv.10] [상급 정신 방벽 Lv.3] [백보신권 Lv.9] [주작신보 Lv.8] [파천강기 Lv.8]……

성흔: [회귀 Lv.3] [전승 Lv.5]

여전히 녀석의 '배후성'은 보이지 않는다.

왜 안 보이는지는 이미 알고 있다.

멸살법에서도, 유중혁의 배후성은 끝내 밝혀지지 않았기 때문이다. 에필로그에서 나타나지 않을까 생각했지만, 안타깝게도 나는 멸살법 에필로그를 읽지 못했다.

내가 아는 어떤 성좌보다 '개연성'에 대한 내성이 강하며, 동시에 시간의 수레바퀴를 돌려 다른 성좌마저 속여버리는 힘을 가진 성좌. 멸살법이 끝날 때까지 단 한 번도 '회귀'를 제외한 다른 성흔을 유중혁에게 제공하지 않는 성좌……

놈이 어떤 존재이고, 유중혁을 통해 무엇을 얻고자 하는지는 나조차 확실히 알 수 없었다.

"니르바나를 죽일 방법이 있다고?"

자식, 하여간 성질이 급하다. 기껏 쉴 시간이 주어졌는데 그것부터 생각하고 있으니. 회귀 우울증에 걸려도 유중혁은 유중혁이다.

"그 전에 잠시 한숨 좀 돌리자. 경치도 좋은데."

나는 옥상 난간에 걸터앉으며 말했다. 유중혁이 이를 갈듯 물었다.

"무슨 꿍꿍이지?"

"그냥, 세상 좀 보라고. 아름답지 않냐?"

괴수에게 파괴된 서울의 정경이 보였다. 나는 재빨리 덧붙였다.

"원래는 아름다웠던 곳이잖냐."

"언젠가 사라질 것들일 뿐이다."

나는 신유승전戰을 거치며 3회차의 유중혁에 대해 조금 더 이해하게 되었다고 생각했다. 쉽게 포기하거나 절망하지 않고, 좀 더 이 세계를 사랑할 줄 아는 녀석일지도 모른다고 믿고 싶었다.

"하지만 네가 지켜야 할 것들이야."

"김독자, 네놈은 모른다."

하지만 오해였는지도 모른다.

수많은 회귀 속에서도 놓지 않는 것이 있다면 반대로 언제든 포기할 수 있는 것도 있다.

결국 유중혁의 목적은 '이 세계의 멸망을 막는 것'.

역설적이게도 녀석은 그 목적을 위해 '언제든 이 세계를 포기할 수' 있었다.

녀석의 본질은 회귀자이고 그 사실은 변하지 않는다.

"아니, 나도 알아."

"뭐?"

"언제든 회귀할 수 있다는 건 '죽음'에 의미가 없다는 뜻일 테지."

옥상 아래로 다친 사람을 돌보는 이설화의 모습이 보였다. 이름 모를 등장인물에게 탕약을 먹이고 있었다. 그러나 노력과 상관없이 저 등장인물은 죽을 확률이 높을 것이다. 지금은 살더라도 내일은 죽을 것이고, 기적적으로 내일 살아남아도 모레는 죽을 것이다.

4회차에도, 5회차에도.

심지어 100회차를 넘겨도 유중혁의 세계에서 언제나 저들은 '이미 죽은 사람'이리라.

"하지만 죽음에 의미가 없다는 건, 삶의 가치 또한 사라진다는 거야."

"네놈이 뭘 안다고……."

"유중혁, 정신 차려. 몇 번 반복하면 나아질 거라고 착각하지 말라는 얘기야."

강경한 말에 놀랐는지 일순 유중혁이 입을 다물었다.

"4회차에는 지금보다 더 잘할 수 있을지도 모르지. 하지만 아닐 수도 있어. 벌써 극장 던전을 잊은 건 아니지? 그때 내가 나타나지 않았다면 너는—"

"회차가 지나면 분명 나아진다. 이번 회차는 뜻밖의 일이 많았지만 다음 회차는 분명 또 나아질 거다."

"왜? 네가 아는 미래가 많아지니까?"

정보가 많아지면 다음 회차에는 더 잘할 수 있을 거라는 막연한 믿음. 뭔가 조금만 잘못되어도 하나의 회차를 쉽게 포기해버리고 싶은 충동.

회귀 우울증의 전조 증상이었다.

머릿속에 멸살법 내용 중 일부가 떠올랐다.

48회차 즈음이었나. 성좌 '무의식의 발견자'를 배후성으로 둔 화신이 유중혁의 회귀 우울증을 상담해준 적이 있었다.

그때 그 녀석도 지금의 나처럼 말했던 것 같다.

"그래. 네 말대로일지도 모르지. 10회차나 20회차를 반복하다 보면, 분명 조금씩 나아질 수는 있을 거야. 더 많은 시나리오를 접하고 더 많은 미래를 보겠지. 하지만 진짜 문제는……그런 식으로 언젠가 네가 이 세계를 구해냈을 때야."

"무슨 말이냐?"

"그때 네가 정말로 '이 세계를 구했다'라고 생각할 수 있을 것 같냐?"

"……."

"100번이고 200번이고 회귀를 반복하고 나서도 그렇게 생각할 수 있을 것 같으냐고."

"그렇게나 많이 회귀할 리 없다."

나는 말없이 유중혁을 바라보았다.

「……설마?」

유중혁의 눈이 천천히 커졌다. 나는 말을 이었다.

"요즘도 악몽 꾸지?"

"……."

"설령 세계를 구해내도 넌 구원받을 수 없을 거다. 네가 세계를 구한 순간, 네가 버린 세계들이 덮쳐올 테니까. 하나의 세계를 구해도, 네가 버린 다른 모든 세계가 네놈을 지옥으로 끌고 갈 거라고."

잠깐이지만 유중혁의 눈빛이 크게 흔들렸다. 아마 녀석도 어렴풋이 알고 있었으리라.

"그러니 제대로 '이 회차'를 살아. 신유승은 수없는 세월을 떠돌다 망가졌지. 넌 그보다 더해. 회차를 거듭할수록 반복되는 삶에 넌 손댈 수도 없이 망가질 거야. 너 자신에게 물어봐.

처음의 너와 지금의 네가 얼마나 다른지."

"그건……."

유중혁의 얼굴이 굳어졌다. 눈빛이 더 격하게 흔들렸다.

유중혁이라고 처음부터 저랬을 리 없다.

"이 회차를 버린다고 다음 회차가 좋아질 거라 착각하지 마. 네가 버리려고 하는 이 회차가 '인간'으로서 세계의 끝을 볼 수 있는 '단 하나의 회차'일지도 모르니까."

"……."

유중혁이 입을 꾹 다물었다. 뭔가 말하고 싶은데 말이 나오지 않는 듯 갈등하는 얼굴이었다.

그래 중혁아, 열심히 고민해라. 네가 회귀하면 나는 뭐가 되겠냐.

[등장인물 '유중혁'의 정신력이 소폭 회복됩니다.]

뭔가 결심을 마쳤는지 유중혁의 얼굴에 미미한 빛이 스쳐 갔다.

회귀자든, 회귀자가 아니든.

이 빌어먹을 세계에서 힘든 것은 마찬가지다. 매번 다시 기운을 내고, 좆 먹던 힘까지 다해 살아나가는 수밖에 없다. 어디선가 시원한 바람이 불어왔고, 우리는 그 바람을 맞으며 폐허가 된 서울을 함께 내려다보았다.

"이번 시나리오는 이벤트 성향이 강해. 흐름은 우리가 알던 방향으로 돌아올 거다. 미래 정보는 얼마든지 다시 이용할 수 있어. 아직 너만 아는 히든 피스도 많이 남았을 거 아냐. 어떻게든 '서울 돔'만 해방되면…….."

순간, 삐그덕─ 하는 소리와 함께 옥상 문이 열리면서 일행들이 와르르 쏟아져 들어왔다. 제일 먼저 바닥에 엎어진 사람은 공필두이고 그 위로 이지혜와 아이들이 엎어졌다.

"우와악! 밀지 마!"

"아, 둘이 무슨 얘기 하나 궁금하니까 그러지. 왜 아저씨만 들어?"

"사나이 대화에 함부로 끼어드는 거 아니다."

"사나이는 쥐뿔…….."

대충 무슨 상황인지 알 것 같았다.

[성좌, '악마 같은 불의 심판자'가 눈을 반짝입니다.]

"둘이 무슨 얘기를 하고…….."

나는 이지혜가 또 헛소리를 하기 전에 선수를 쳤다.

"오늘은 시답잖은 농담하지 마. 그럴 기분 아니니까."

[성좌, '악마 같은 불의 심판자'가 시무룩해집니다.]

시무룩하든 말든 지금 나한테 중요한 건 성좌가 아니라 유중혁이다. 우리엘은 이제 코인 안 줘도 되니까 정희원한테나

갔으면 좋겠다.

유중혁이 입을 열었다.

"잠시 시나리오에 대한 작전을 구상했다."

"작전? 무슨 작전이요?"

그 말에 유중혁이 나를 바라보았다.

"이번 시나리오는 가장 강한 화신이 죽어야 끝난다. 그것에 관해 조금 생각하고 있었다."

순간 소름이 돋았다. 이 자식, 왜 그런 말을 날 보면서 하는 거냐?

이지혜가 살짝 흥분한 기색으로 물었다.

"안 그래도 우리끼리 그 얘기 하고 있었어요. 그래서 어떻게 하기로 했어요? 제일 강한 화신이 누군데요?"

"물론 나다."

자신만만하게 대답하는 유중혁을 보며, 나는 내 걱정이 오판이었음을 깨달았다. 하긴 저 자존심 강한 녀석이…….

아니, 잠깐만.

가장 강한 화신이 죽어야 이 시나리오가 끝나는데, 그게 자신이라 생각하고 있었다니.

"너 설마 죽으려고 했냐?"

"내가 죽으면 이 시나리오는 끝낼 수 있을 테니까."

나는 녀석의 숭고한 신념에 조금 감동했다. 젠장, 회귀 우울증이 갑자기 조금 멋있어 보인다.

하지만 정말 녀석이 죽게 내버려둘 수도 없는 노릇이었다.

"너무 성급한 거 아니냐? 네가 당연히 제일 강할 거란 보장은 없잖아? 가령 나도 있고……."

일행들이 동시에 나를 바라보았다. 이지혜가 내 어깨를 탁탁 치며 과장되게 웃었다.

"에이, 설마 그거 진심은 아니지?"

"……독자 형."

이길영이 위로하듯 나를 바라보았고, 신유승은 아직 잘 모르겠다는 듯 혼란스러운 얼굴이었다. 심지어는 공필두와 민지원마저 이렇게 말했다.

"뭐, 물어볼 필요도 없지."

"그래도 아직 패왕이 더 강하지 않아요?"

"잠깐만, 아저씨 혹시 아까 자기가 구원교주 물리쳤다고 이러는 거야?"

정곡이었다.

"근데 아저씨가 정말 강해서 물리쳤을 리 없잖아? 내가 보진 못했는데, 보나 마나 무슨 이상한 꼼수 썼겠지. 아냐?"

어떤 의미에서는 정확해서 할 말이 없었다. 나는 어쩐지 참담한 기분으로 변명처럼 덧붙였다.

"나는 그냥 예를 든 거고, 내 말은 유중혁보다 구원교주가 더 셀 수도 있다는 거야. 실제로 아까 꽤 고전하기도 했고."

이지혜가 놀란 듯 눈을 동그랗게 떴다.

"진짜예요, 사부?"

"사실이다. 그 녀석과 나는 상성이 맞지 않아."

유중혁의 발언에 일행은 혼란의 도가니에 빠졌다.

"그럼 설마 구원교주가 제일 센가?"

"맙소사, 사부보다 강한 인간이 있다고?"

"근데 랭킹 책정 기준이 대체 뭘까요? 전투력? 아니면 실제로 싸워서 이긴 쪽을 강하다고 치는 건지……."

민지원의 질문에 내가 답했다.

"일단은 '종합 전투력'을 매기는 수치가 있는 게 아닐까 합니다. 애초에 모두가 서로 싸워볼 수는 없으니까요. 싸워서 승패가 정해진 후에는 변동이 생길 수도 있겠습니다만."

"그러고 보니 아까 도깨비가 그런 말을 했던 것 같은데요? '가장 강한 화신은 본인이 가장 잘 알 것'이라고……."

우리는 다시 유중혁을 바라보았다.

"유중혁, 뭔가 평소랑 다른 거 없어? 가령 도깨비가 뭐라고 했다든가."

유중혁이 천천히 자신의 주먹을 쥐었다 폈다 하며 말했다.

"글쎄, 들은 건 없다."

나는 일행들을 돌아보며 말했다.

"일단 확정된 건 아무것도 없는 모양이군요."

"그럼 이제 어떡하죠?"

"차라리 잘됐다고 생각합시다. 여기서 유중혁이 죽기를 바라는 사람은 아무도 없잖아요? 일단 당장은 니르바나가 '최강'이라 가정하고 놈을 해치우는 게 합리적인 판단일 것 같습니다."

"그랬는데 패왕이 제일 강하다는 게 밝혀지면……."

"그건 그때 가서 생각하죠."

민지원이 고개를 끄덕였다.

"구원교단은 강북에 있어요. 경계가 삼엄해서 접근하기도 쉽지 않고 병력 차이도 심해요. 우리가 전부 가더라도……."

"안 갈 겁니다. 놈을 불러야죠."

"어떻게요? 응하려고는 할까요? 아무리 생각해도 손해 보는 일을 할 턱이 없는데……."

"상식적으로 생각하면 그렇죠."

하지만 니르바나는 상식적인 놈이 아니다.

2

괴수들은 서울 외곽에서 몰려온다. 아마 그쪽에 게이트가 생성되고 있을 것이고, 네 시간마다 괴수 등급은 올라갈 것이다.

즉 주어진 시간은 길어봐야 앞으로 여덟 시간.

그 안에 니르바나를 유인해 유중혁과 대결하게 만들어야만 한다.

"저한테 수가 있을 것 같습니다."

나는 일행을 내버려두고 도깨비 통신을 통해 비형을 불렀다. 그런데 돌아온 목소리는 영기의 것이었다.

—죄송합니다, 비형 어르신께서 지금 좀 바쁘셔서…….

비형 자식, 슬슬 진급 시즌인 모양인데 이따위로 나온다 이거지?

자기가 진급하는 게 누구 덕분인데 은혜도 모르는 놈이다.

오랜만에 실적 좀 올려주려고 했는데, 제 발로 복을 걷어차는군.

'이번에 신규 시나리오 특집 랜덤 박스 나왔지?'

— 옙. 나왔습니다.

'그거 열 개만 살게.'

당연히 좋다구나 팔 줄 알았는데, 의외로 영기는 머뭇거렸다.

— 하지만 랜덤 박스는 확률이 극악인데…… 괜찮으시겠습니까?

'괜찮으니까 팔아.'

도깨비 주제에 대체 뭘 걱정하는 건지. 그런 순진한 생각으로는 각박한 채널 경쟁에서 살아남을 수 없다고 조언해주고 싶을 정도다.

['메인 시나리오 #8 특집 랜덤 박스'를 10개 구매했습니다!]

[30,000코인을 지출했습니다.]

'그만 가봐.'

— 옙. 그럼 이야기의 가호가 있으시기를.

영기 목소리가 사라지고, 허공에서 반짝이는 박스가 열 개 내려왔다. 커다란 물음표가 쓰여 있는 알록달록한 박스들.

곁에 있던 이길영이 물었다.

"형, 이거 게임에 나오는 거죠? 열면 랜덤으로 좋은 거 나오는……."

이럴 때는 어린애들 눈치가 제일 빠르다.

"그래, 맞아."

랜덤 박스. 극악한 확률로 SSS급 무기와 SSS급 스킬을 얻을 수 있는 도박성 아이템. 눈먼 성좌를 등쳐먹기 위해 도깨비들이 고안해낸 호구 전용 상품이었다. 그런 박스를 내가 왜 샀냐고?

[성좌, '해상전신'이 당신에게 약간 실망합니다.]

[성좌, '해상전신'이 장수의 기본은 청렴에 있음을 알립니다.]

[성좌, '대머리 의병장'이 사치를 경계할 것을 조언합니다.]

[성좌, '매금지존'이 그딴 걸 살 코인이 있다면 자신의 화신에게 기부하라고 말합니다.]

매금지존의 메시지에 민지원 얼굴이 발갛게 달아올랐다.

"저, 죄송해요. 제 배후성이 좀……."

"괜찮습니다. 사실 가성비가 좋은 상품은 아니니까요. 그보다 다들 모여보세요. 기분도 전환할 겸 하나씩 드리겠습니다."

"주신다고요? 공짜로요?"

"예. 그 대신 메인 아이템만 가지시고, 소모품으로 나오는 보조 아이템은 저한테 주시면 감사하겠습니다."

원래는 코인을 받고 팔까 생각도 했지만, 여기에는 나와 어느 정도 유대가 쌓인 사람들이 모여 있었다. 이들이 강해지면 내게도 도움이 된다. 결코 손해만 보는 장사는 아니었다.

공짜라는 말에 화색이 돈 이지혜가 제일 먼저 박스를 낚아채 갔다.

"와, 짠돌이 아저씨가 웬일이래? 잘 쓸게!"

공필두와 이길영도 하나씩 받았다.

"형, 저 SSS급 뜨면 어쩌죠?"

"확률이 0.00001퍼센트도 안 될 텐데, 좀 힘들걸."

"진짜요?"

"다 상술이지. 오늘만 속는 셈 치고 열어봐."

유중혁은 그런 나를 유심히 노려보더니 말했다.

"김독자. 설마 거기서 나온 아이템으로 니르바나를 상대하겠다고 생각하는 건 아니겠지?"

"뭐, 비슷한데 왜?"

"한심한 계획이군."

자기도 받아가는 주제에 이 자식이 진짜…….

마지막으로 박스를 받아간 사람은 신유승이었다.

"넌 두 개 줄게."

깜짝 놀란 신유승이 눈을 동그랗게 떴다.

"정말요?"

"그래."

머뭇거리던 신유승이 박스를 받았다. 어쩐지 표정이 심상치 않아서 자세히 들여다보니 눈가에 눈물이 그렁그렁 고여 있었다.

"제가 두 개나 받을 자격이……."

그제야 어린 신유승의 과거가 떠올랐다. 아마 이건 신유승이 태어나서 처음으로 받아보는 '선물'일 것이다. 이 빌어먹을 멸살법에는 전개를 위해서인지 그런 편의적인 설정을 가진 인물이 제법 있었다.

그리고 작품의 편의는 곧 누군가의 진짜 불행이 된다.

나는 눈물을 닦는 신유승의 손에 박스를 쥐여주었다.

"넌 내 화신이잖아. 충분히 받을 자격 있어."

얼굴이 발갛게 물든 채 진심으로 좋아하는 모습을 보고 있자니, 진즉에 못 챙겨준 것이 후회되었다.

배후성인 내가 아직 '성좌' 자격을 얻지 못해서 신유승은 성흔도 없는 상태였다.

이 아이를 거두는 게 옳은 선택이었을까.

나로 인해 오히려 불행해지는 건 아닐까. 지금은 알 수 없는 일이었다. 다만 나는 최선을 다해 이 아이를 지킬 것이다.

"그럼 다들 한번 열어보죠. 기분 전환이라 생각하고."

내 말에 모두가 고개를 끄덕이며 박스를 열기 시작했다.

['메인 시나리오 #8 특집 랜덤 박스'를 사용했습니다!]

['엘라인 숲의 정기' 2개를 획득했습니다!]

['그럭저럭 쓸 만한 부츠(E)' 1개를 획득했습니다!]

[기타 소모품을 획득했습니다.]

그럼 그렇지. 나오는 거라곤 소모품에 E급 아이템뿐.

다른 일행들도 상황은 마찬가지였다.

당연히 그럴 거라 생각했다. 애초에 랜덤 박스는…….

[축하합니다! 누군가가 0.00001퍼센트의 확률을 돌파했습니다!]

웅장한 축하음과 함께 허공에서 터지는 폭죽. 고개를 돌려
보니 신유승이 어쩔 줄 몰라하고 있었다. ……아니? 진짜로?

"아, 아저씨?"

신유승 손 위에, 찬란한 빛을 흩뿌리는 작은 열매가 놓여 있
었다. 가까이 가서 확인하자 아이템의 정체는 명확해졌다.

맙소사, 이걸 얻다니.

대체 내 화신은 얼마나 운이 좋은 거야?

상황을 지켜보던 유중혁도 조금 놀란 듯했다.

"좋은 걸 얻었군."

SSS급 아이템, [고대 야수의 열매].

0.00001퍼센트 확률로 나오는 SSS급 중에서도 가장 극악한
확률로 나오는 아이템이 바로 '고대 야수의 열매'였다. 비록
소모성 아이템이지만, 그 값어치는 사용하기에 따라서 SSS급
이상일 수 있었다.

"네가 길들일 수 없는 괴수에게 이 열매를 먹이면 쉽게 길

들일 수 있어. 축하해. 아껴뒀다가 쓰면 좋겠는데?"

[길들이기]를 사용하는 신유승에게 이보다 좋은 아이템은 없었다. 1급종 이상으로 진화할 수 있는 괴수에게 쓴다면, 이번 회차의 신유승은 41회차 이상으로 성장할지도 모른다. 반짝이는 눈으로 열매와 나를 번갈아 보던 신유승이 물었다.

"아저씨, 근데 이거…… 괴수한테만 쓸 수 있어요?"

"아마도. 그건 왜?"

"아무것도 아니에요."

신유승이 배시시 웃으며 눈을 돌렸다. 곁에서 눈독을 들이고 있던 이길영이 달려들었다.

"야, 그거 나 주면 안 돼? 내 티타노 줄게."

"난 벌레 싫어."

"아저씨, 근데 이거 왜 한 거야? 진짜로 기분 전환 하려고?"

"당연히 아니지. 박스 까면서 나온 소모품 일단 줘봐."

애초에 내가 얻으려 한 것은 보조로 나오는 소모품이었다.

['확성기(돔 채널용)' 4개를 획득했습니다!]

['확성기(일반 채널용)' 4개를 획득했습니다!]

['확성기(지역 전용)' 2개를 획득했습니다!]

그제야 유중혁의 눈이 가늘어졌다.

"무슨 짓을 하려는지 알겠군."

확성기. 옵션에 따라 특정 채널이나 전체 구역에 메시지를 보낼 수 있는 소모품.

"그 녀석이 고작 말 몇 마디 한다고 나올 리가……."

"중요한 건 무슨 말을 하느냐지."

나는 '확성기'를 사용했다. 일단은 이렇게 시작해볼까.

나는 니르바나의 주목을 끌 만한 서두로 이야기를 시작했다.

¤ ¤ ¤

그 시각, 니르바나는 임시 교단 내 거처에 있었다. 고요히 눈을 감은 니르바나를 관세음보살 동상이 무표정한 시선으로 내려다보고 있었다.

「과거에 매달리지 말고, 미래를 원망하지도 말라.」
「과거는 이미 사라졌고, 미래는 아직 오지 않았으니.」

니르바나가 외는 것은 분명 그런 의미를 담은 구절이었으나, 교리는 음성으로 퍼지지 않았다. 이마에 송골송골 땀이 맺혔다. 전신에 날카로운 스파크가 튀었고, 그의 눈동자가 하얗게 돌아가며 메시지가 들려왔다.

[새로운 스킬을 계승했습니다!]

니르바나가 눈을 떴다.

"……무리했군."

그의 성흔인 [계승]은 사용 시 상당한 개연성을 소모한다. 그래서 환생을 통해 쌓아온 '설화'를 성좌들에게 공헌하고 개연성을 나눠 받아야 했다.

'설화를 너무 많이 빼앗겼다.'

사라진 과거가 아쉬웠지만 니르바나는 금방 평정을 되찾았다. 현재를 살아가기 위해서는 비워야 하는 것도 있는 법이다.

기운을 갈무리한 니르바나는 교단 깊숙한 곳으로 발걸음을 옮겼다. 얼마간 지하로 내려간 뒤 복도를 지나 문을 열자, 희미하게 불을 밝힌 방이 나타났다.

앤티크 장식 테이블과 더블 사이즈 침대가 놓인 방. 음습한 지하답지 않게 차분한 분위기로 꾸며진, 제법 공들인 티가 나는 방이었다.

"기다리게 했군. 그럼 오늘도 시작해볼까?"

테이블 앞에는 나이 차가 제법 나는 두 여자가 앉아 있었다.

사라진 '방랑자들의 왕' 이수경과 유상아였다. 이수경은 곁에서 눈이 풀린 채로 허공을 응시하는 유상아를 흘끗 보며 물었다.

"이 아이에게 건 스킬은 언제 풀어줄 거지?"

[사상 감염]. 벌써 몇 주가 흘렀지만 유상아는 아직까지 저항하고 있었다. 니르바나가 싱긋 웃었다.

"내가 풀어주는 게 아니야. 본인이 풀어야지."

니르바나 입장에서는 흥미로운 일이었다.

"미련하군. '현재를 살겠다'라고 선언만 하면 될 것을 이렇게까지 저항하다니."

"짧은 생을 살기에 과거의 가치도 다른 법이지."

"짧은 생을 살기에 현재에 더욱 큰 가치를 두어야 하는 것이다. 죽음의 축복을 받았음에도 그 가치를 모르는 미욱한 존재여."

"네 멋대로 타인의 '현재'를 재단하지 마. 이 아이는 충분히 '현재'를 살고 있으니까. '현재'를 모르는 것은 오히려 윤회의 시간을 반복해서 살아가는 너겠지."

"잊지 마라. 너를 살려두는 건 어디까지나 네 '이야기'에 가치가 있을 때까지니까."

협박 앞에서도 이수경 표정에는 여유가 있었다. 천천히 다가온 니르바나가 테이블 의자를 꺼내 앉았다.

"오늘은 꼭 알아내야 할 정보가 있다."

"무엇을 알고 싶지?"

이수경은 《천일야화》에 나오는 셰에라자드처럼 웃었다. 그 웃음이 마음에 들지 않는 듯 니르바나가 차갑게 말했다.

"'김독자'라는 화신."

"난 모르는 화신이야."

"시치미 떼도 소용없다. 네 아들이라는 건 이미 알고 있으니까. '중립' 녀석이 가르쳐주었지."

"그 애랑은 어릴 적에 헤어졌어. 나는 그 애가 어떤 삶을 살아왔는지 전혀 몰라."

"그건 들여다보면 알겠지."

니르바나의 뒤쪽에서 환한 법륜法輪이 팽그르르 돌아가기 시작했다. 법륜에서 천수관음의 손이 뻗어 나왔다. 거대한 손은 정확히 이수경의 머리를 덮었다. 이수경은 그 손이 기분 나쁜 듯 노려보았다.

"기억을 열어라. 열지 않으면 네 곁의 여자는 죽을 것이다."

"유치한 협박이네."

"그 유치한 협박에 너는 그간 굴복해왔지. 그게 인간이라는 존재다."

이수경은 멍한 눈을 한 유상아를 가만히 바라보다 한숨을 쉬듯 말했다.

"……맘대로 해."

[전용 스킬, '인연생기因緣生起 Lv.6'를 발동합니다!]

천수관음의 손가락이 이수경의 머리를 파고들었다. 이수경의 이야기가 흘러나와 니르바나의 이야기에 얽혀들기 시작했다. '하나'가 된다는 감각. 니르바나는 그 감각에 몸을 떨었다. 이야기의 조각을 한 입 가득 베어 물고, 천천히 공들여 씹어 삼키며, 진정으로 이야기를 미식하며 스타 스트림의 섭리에 다가서는 중이었다.

"놀랍군. 어떻게 한낱 인간이 필터링된 미래의 정보를 갖고 있지?"

이수경은 필사적으로 기억을 보호하려 했다. 하지만 김독자에게서 들은 미래에 관한 단편적인 지식들은 인연생기의 흐름을 거역하지 못하고 니르바나에게 빨려 들어갔다.

"흥미롭군. 이것이 '김독자'의 본질인가."

"……."

"슬픈 어미로군. 자식에게 거짓말을 했어. 독단으로 자식의 삶을 기만하다니."

이수경의 얼굴에 차가운 분노가 떠올랐다.

"너는 그 아이에게 이길 수 없을 거야."

"흥미로운 화신이란 건 인정하지."

그에게 무리한 [계승]을 강요할 정도의 화신. 그러나 고작 인간. 거기까지일 뿐이다. 허공을 쩌렁쩌렁 울리는 메시지가 들려온 것은 그때였다.

─구원교주, '니르바나 뫼비우스'에게 대결을 신청한다.

놀란 니르바나가 허공을 올려다보았다.

김독자의 확성기. 기다렸다는 듯 이수경이 말했다.

"그 애는 강하고 현명해. 자신에게 필요한 게 뭔지, 자기가 가장 잘할 수 있는 게 뭔지 알지."

─대결 장소는 오늘 오후 2시, 광화문이다. 대결자는 패왕 유중혁. 최강에 가장 가까운 두 사람이 싸우고, 최강을 가림으

로써 서울 돔을 지킬 것이다. 네가 정말로 '현재'를 살고 있다면 이 대결을 피하지 마라.

무려 '현재'를 구실로 삼다니. 그가 진짜 구원교주라면 피해 갈 수 없는 대결이었다. 게다가 전체 확성기를 사용한 영리함도 놀라웠다. 이 대결을 피하면 서울 돔의 화신은 물론이거니와 같은 구원교도에게서도 지탄을 받을 것이다.
하지만 함정임을 빤히 알면서도 가는 것은 바보짓이었다. 니르바나가 웃었다.
"도발은 제법이군. 그런데 이걸 어쩌나? 어차피 내 목적은 '시나리오 클리어'가 아니란 말이지. 내 위대한……."

―물론 네 '위대한 계획'에 이 대결의 승낙은 들어 있지 않겠지. 하지만.

이어진 김독자의 말에, 니르바나가 순간 돌처럼 굳었다.

―만약 네가 지금 온다면 '유중혁'과 하나가 될 기회를 주겠다.

파츠츠츳! 얼마나 놀랐는지, 니르바나는 사용 중이던 [인연생기]의 끈을 놓쳐버렸다. 분노와 경이, 그리고 알 수 없는 치욕감에 니르바나는 전신을 부들부들 떨며 입술을 짓씹었다.

이수경은 연결된 끈을 통해 니르바나의 강렬한 충동을 느꼈다.

위대한 하나와 결합하고 싶은, 더욱 커다란 이야기를 향한 욕망.

그 욕망을 비웃듯 이수경이 웃었다.

"네가 질 거라고 했잖아."

☒ ☒ ☒

―좋다.

니르바나의 답변은 금방 돌아왔다.

정말 될 줄은 몰랐다는 듯 일행들은 하나같이 벙찐 얼굴들이었다.

나는 고개를 흔들어 어지러운 시야를 바로잡으며 일어났다.

"독자 씨, 어떻게…… 아니, 그보다 괜찮으세요?"

민지원이 내 왼쪽 눈에 맺힌 시퍼런 멍을 걱정스럽게 보는 것 같았다. 아까 이름을 팔 때 유중혁에게 맞은 흔적이었다.

나는 눈두덩을 문지르며 물었다.

"그 자식, 벌써 갔나요?"

심지어 잠깐 기절까지 했다. 젠장, 무식하게 힘만 센 놈.

"답변이 들려오자마자 출발했어요."

"그럼 우리도 가죠."

모처럼 다 같이 모인 까닭인지 이길영은 어딘가 신난 표정이었다.

"형, 그래도 이번엔 다 같이 싸울 수 있겠어요."

"그래."

나는 웃을 수 없었다. 니르바나는 분명 새로운 스킬을 계승했을 테고, 이전처럼 쉽게 당하지 않을 것이다. 물론 유중혁도 다시 방비를 했다. 그러니 이제 싸움의 승패는 쉽게 예측할 수 없겠지. 사실 나는 둘의 싸움에는 별 관심이 없었다.

진짜 문제는, 아까부터 내 머릿속에서 시끄럽게 울리고 있는 메시지였으니까.

[당신은 현재 서울시 최강의 화신입니다.]

……자, 이제 어떡한다?

3

 우리는 삼십 분 정도 일찍 광화문 인근에 도착했다. 그 와중에도 내 머릿속에는 같은 메시지가 떠오르고 있었다.

 [당신은 현재 서울시 최강의 화신입니다.]

 젠장, 이제 그만 알려줘도 된다고 말하고 싶다.
 솔직히 들을 때마다 당황스러운 감이 없지 않았다. 지금의 유중혁은 내가 전력을 다해도 승부를 장담하기 힘들고, 니르바나도 상성을 이용해 겨우 꺾는 수준이다. 그런데 대체 왜 내가 '최강'이라는 걸까.
 멸살법 속 51회차에는 다음과 같은 문장이 나온다.

「'스타 스트림'에서 강함과 약함은 힘의 세기나 기술의 숙련도와는 무관하다. 모든 강약의 기준은 '이야기'에서 비롯되기 때문이다.」

니르바나가 한 말이기도 했다. 강함과 약함은 결국 이야기에 의해 결정되는 것.

"독자 씨!"

멀리서 이현성과 정희원이 서로 부축하며 다가오고 있었다. 일전의 사건 때문인지, 맞댄 어깨에서 예전보다 굳건한 신뢰가 느껴지는 듯했다. 정희원이 손을 흔들며 말했다.

"선전포고 잘 들었어요. 아주 화려하던데요."

"몸은 좀 어떠십니까?"

"난 괜찮아요. 현성 씨가 좀 다치긴 했는데……."

"전 완전 괜찮습니다!"

"하여간 허세는."

이현성이 끄떡없다는 듯 자기 가슴을 탕탕 쳤다. 과장된 느낌이기는 했지만 순전히 허세로만 보기는 어려웠다. '강철의 주인' 설화를 본격적으로 계승하기 시작한 이현성에게서 벌써부터 설화의 격이 느껴지고 있었다. 아마 이제 이현성은 서울 돔에서 5위 안에 들 만한 화신이 되었을 것이다.

이 세계에서 '강함'을 결정하는 것은 설화의 '격'.

아마 내가 최강의 화신으로 랭크된 것은 이번 생에 내가 쌓은 설화가 죄다 획득 불가능한 수준이기 때문이리라. 물론 회귀자 유중혁이나 환생자 니르바나가 쌓아온 설화 역시 만만치 않지만, 그들의 이야기는 어디까지나 지난 생의 것이었다.

멀리 광화문의 정경이 보이기 시작했다.

나는 시간을 확인했다. 첫 번째 웨이브가 몰려온 뒤 벌써 세 시간 하고도 사십 분이 지났다. 네 시간마다 괴수들이 몰려오니까 곧 두 번째 웨이브가 시작될 것이다.

"5급 괴수종이 몰려올 텐데, 다른 화신들은 괜찮을까요?"

"여기라면 괜찮을 겁니다."

십 분 전보다 인파가 많아졌다 싶더니 사람들 밀도가 점점 더 높아지고 있었다.

"이건…….."

그제야 정희원도 깨달은 듯했다. 곳곳에서 들려오는 함성. 서울의 모든 화신이 광화문으로 모여들고 있었다.

"구원교주를 물리치자!"

"놈을 죽여야 이 시나리오가 끝난다!"

병장기를 든 사람들이 제각기 구호를 외쳐댔다.

자유나 평등을 말하는 사람은 없었다. 그런 큰 개념을 말하기에 지금의 서울은 너무나 초라했기 때문이다. 사람들은 생존을 위해 모였다.

"패왕을 따르라!"

"구원교를 부수자!"

이현성이 복잡한 표정으로 그들을 보며 말했다.

"독자 씨는 이렇게 될 걸 알고 계셨군요."

"예상은 했습니다."

아무리 신규 화신이 많이 들어왔다 해도, 아무리 구원교가 기승을 부린다 해도 여전히 서울 내 대다수는 '기존 화신'이다. 그들에게는 단지 구심점이 필요했다. 밀려오는 인파를 보며 공필두가 탄식했다.

"한국이 망하긴 망했군. 빌어먹을. 내 땅 돌려줄 나랏놈들은 죄다 죽어버린 건가?"

"아저씬 이런 상황에서도 그런 말이 나와?"

이지혜가 혀를 차자 공필두가 입술을 비죽였다.

"유상아는 안 구할 거냐? 구원교주한테 붙잡혀 있다던데."

"구할 겁니다. 하지만 지금은 아닙니다."

서둘러서는 안 된다. 아무리 니르바나라고 해도 성운 〈올림포스〉의 단말을 함부로 건드리지는 않을 테니까.

성운 간 전쟁이라도 낼 생각이 아니라면 말이지.

광화문 전체가 화신들의 열기로 뜨거워졌을 무렵, 허공에서 메시지가 떠올라 반짝거렸다.

〈힌트 2〉

현재 서울 돔에서 아홉 번째로 강한 화신은 '곤충 소년 이길영'입니다.

자신의 이름이 호명되자 이길영이 눈을 반짝였다.

"형, 제가 9위래요!"

"……말도 안 돼. 내가 저 꼬맹이보다 약하다고?"

"다들 그만 떠들고, 준비해."

일행들이 동시에 고개를 끄덕였다. 두 번째 힌트가 발표되었다는 건, 곧 두 번째 웨이브가 시작된다는 이야기. 외곽에서 굉음이 울려 퍼지더니 괴수들의 스산한 울음소리가 들려오기 시작했다.

5급부터는 경우에 따라 소재앙급으로 분류되는 괴물이 등장한다. 즉 평범한 화신으로서는 감당하기 힘든 수준이다. 다행히 서울의 화신이 광화문 인근으로 모두 모였으니 터무니없이 불리한 싸움은 아니었다. 지키는 지역이 좁을수록 수비 측은 더 유리해진다.

"네 시간 안에 결착을 지어야 합니다. 네 시간이 넘으면 4급 괴수종이 나오기 시작해요. 그렇게 되면 끝장입니다."

일행들도 고개를 끄덕였다. 소재앙만 해도 두려운데, 그 윗급 괴수의 난장을 보고 싶은 사람은 아무도 없었다. 나는 공필두와 이현성에게 화신을 이끌어 수비망을 형성해달라고 부탁했다.

"맡겨주십시오."

"흥, 그 대신 시나리오가 끝나고 나면 광화문은 내 땅이다."

나는 쓴웃음을 지으며 대꾸했다.

"그러든가. 맘대로 해."

안타깝게도 이번 시나리오가 끝나고 나면, 공필두가 원하는 '서울의 노른자위 땅'은 존재하지 않게 될 것이다.

나는 나머지 일행을 이끌고 광화문 중심으로 향했다. 중심지에는 낯선 대형 돔이 설치되어 있었다. 아마도 구원교에서 임시로 세운 건축물인 듯했다. 돔은 불투명해서 내부가 잘 보이지 않았는데, 자세히 보니 꼭대기에서 누가 연설을 하고 있었다.

—화신 여러분, 우리의 '진짜 적'은 누구입니까? 왜 우리는 지금 서로 창과 칼을 겨누고 있습니까?

목소리를 들은 정희원이 인상을 찌푸렸다.

"중립의 왕이군요."

중립의 왕 전일도가, 돔 꼭대기에 올라서서 도깨비라도 된 양 [음성 증폭] 스킬을 사용하고 있었다.

—여기까지 오신 여러분의 심정, 물론 이해합니다. 하지만 구원교든 다른 세력이든, 우린 모두 약한 인간에 불과합니다. 시나리오에 휩쓸린 피해자에 불과하단 말입니다. 여러분도 알고 계시지 않습니까. 이곳에서 우리끼리 싸우는 건 아무 의미가 없다는 것을! 그게 바로 도깨비 놈들이 바라는 바입니다!

"닥쳐! 먼저 싸움을 시작한 건 구원교도잖아!"

"옳소! 죽여버려!"

전일도가 가볍게 웃었다.

—여러분, 곧 괴수 떼가 몰려온다는 건 아시죠? 우리가 싸우면 서울은 멸망합니다.

"그래서 뭐 어쩌자는 건데!"

─이번 시나리오에서는 '가장 강한 화신' 하나만 희생하면 모두 살 수 있습니다.

화아앗─ 하는 느낌과 함께 돔 겉면이 투명해지면서 내부가 여실히 드러나기 시작했다. 화려한 스포트라이트가 사정없이 꽂히는 무대 위에 두 존재가 서 있었다.

─서울 돔의 화신을 위해 손수 나선 두 영웅! 최강의 화신 후보를 여러분께 소개합니다!

돔 반대쪽에 몰려와 있던 구원교도들이 갈채를 보냈다.

"유중혁! 유중혁!"

"니르바나! 니르바나!"

급변한 분위기에 당황한 화신들이 주춤거렸다.

"뭐, 뭐야 저거!"

"둘이 벌써 싸우고 있어?"

순간 사람들의 머릿속이 훤히 보였다.

「만약 이대로 시나리오를 클리어할 수 있다면?」

「최강이 패왕이든 구원교주든, 이 싸움에서 둘 다 죽는다면 우리야 좋은 거 아닌가?」

모든 인간은 겁쟁이다. 그리고 니르바나는 인간이 언제 가장 겁쟁이가 되는지 잘 알고 있었다. 바로 '오지 않은 미래'를 가지려 할 때다. 벌써 감언이설에 넘어간 몇몇 사람이 어느새

투지를 꺾고 자신이 살길을 모색하기 시작했다.

나는 돔으로 다가가 벽면을 내리쳤다.

[등장인물 '전일도'가 성흔 '공정한 결투 Lv.3'를 발동 중입니다.]

[결투 당사자를 제외한 모든 화신은 무대에 입장할 수 없습니다.]

벌써 '광해군'의 성흔을 발동했을 줄이야.

유중혁과 니르바나, 즉 당사자를 제외한 나머지 사람들은 물리적으로 전투에 개입할 수 없다.

나는 정희원과 이지혜를 향해 말했다.

"전일도를 죽여요."

다음 순간, 돔 안쪽에서 폭음이 터졌다. 유중혁과 니르바나의 싸움이 시작된 것이다. 도깨비가 끼어들었는지 돔 위쪽에 거대한 스크린이 떠올라 있었다.

[재밌는 일을 벌이고 있군요. 흥미로운 싸움이 될 것 같아서 다들 보실 수 있게 제가 준비했습니다.]

창공의 스크린 속, 두 자루 검을 휘두르는 유중혁과 백색 마력이 깃든 쌍수를 교차하는 니르바나의 모습이 보였다.

파바바밧!

유중혁의 [파천검도]가 허공을 수놓았고, 니르바나의 [만다라]가 폭풍처럼 쏟아지는 강기를 막아내며 빈틈을 파고들었다.

순식간에 수십 합을 교환했다. 삽시간에 오고 가는 공방 중에도 치밀한 수 싸움이 이어졌다. [전승] 혹은 [계승]된 스킬을 읽어 상대방의 패를 알아내려는 수 싸움.

회귀자와 환생자의 대결이었다.

먼저 패를 드러낸 쪽은 니르바나였다. 팽이처럼 빠르게 회전하는 니르바나의 만다라가 뭉게뭉게 마력을 내뿜었다. 회전하는 실처럼 수십, 수백 가닥으로 갈라진 마력파가 그대로 유중혁의 전신을 급습했다.

유중혁은 아슬아슬하게 백색의 마력 다발을 피하며 하늘로 도약했다. 얼핏 패착으로 보일 한 수였다. 그 움직임에 맞추어 마력 다발이 허공으로 치솟았다. 유중혁은 칼날을 빠르게 회전시켜 만다라의 마력을 받아쳤으나, 안타깝게도 두 다발을 놓치고 말았다.

푸슈슈슛!

왼쪽 어깨와 허벅지에서 피가 쏟아졌다. 화신들 입에서 안타까운 침음이 터졌다. 정희원을 피해 달아나던 전일도가 호들갑을 떨었다.

—아, 이대로 승부가 날 것 같습니다!

유중혁은 침착했다. 돔 천장 가까이 뛰어오른 유중혁은 '천총운검'의 검극을 아래로 한 채 급강하하기 시작했다. 푸른 마력이 불꽃을 일으키며 검극에 깃들었다. 하지만 니르바나도 방비를 마치고 있었다.

"와라, 유중혁!"

순간, 하늘을 가르는 '천총운검'의 크기가 급변했다.

2척을 조금 넘던 장도가 어느새 거검巨劍으로 바뀌더니, 이내 작은 빌딩만 한 크기로 자라나기 시작했다.

그 칼을 잡은 유중혁의 팔도 마찬가지였다.

흡사 거신巨神의 오른팔.

[거신화].

깜짝 놀란 니르바나가 다급히 칼날의 범위에서 벗어나려 했으나 이미 때는 늦었다. 하늘을 쪼개는 칼날의 무게가 그대로 지상의 니르바나를 내리찍었다.

콰아아아앙!

맨틀을 찢을 듯한 폭음이 울리며 무대 전체에 희뿌연 먼지가 차올랐다.

"크으으으읏!"

니르바나가 10미터쯤 파인 구덩이 속에서 유중혁의 칼날을 받아 버텨내고 있었다. 화신들이 감탄사를 내질렀다. 만다라에서 솟아난 무수한 팔들.

[천수관음千手觀音].

진리를 지탱하는 불가佛家의 손이 거신의 검과 힘 싸움을 벌였다. 돔이 없었다면 일대가 진즉에 파괴되었을 무력 충돌. 현실성 없는 광경 앞에 화신들이 넋을 잃었다.

「저것이 서울의 최강을 가리는 대결.」

그래도 최강은 나인데, 뭔가 씁쓸했다.

나는 쓴맛을 삼키며 전력으로 [전지적 독자 시점]을 발동했다. 겉으로 보기에는 단순히 힘 대결을 벌이는 것 같지만, 이 순간에도 니르바나와 유중혁의 머릿속에서는 치열한 사고 공방이 이어지고 있었다.

「정신 방벽 레벨이 올랐나? 마력 파장이 강해졌군.」

「생각보다 근접 스킬 숙련치가 낮아. 뭘 [계승]한 거지?」

「왼쪽 어깨를 다친 것처럼 굴지만, 저건 함정이다.」

「거신화는 지속 시간이 짧아. 십 합 안에 승부를 본다.」

이 세상에서 오직 나만 볼 수 있는 전장의 풍경. 그들의 머릿속에서 벌어진 수 싸움이, 아직 일어나지 않은 전장을 내 머릿속에도 그려냈다. 채색하지 않은 스케치처럼 투박한 사유의 전장. 나는 순수하게 감탄하며, 머릿속으로 그 그림을 완성해 보았다. 결말이 정해져 있는 대결이었다.

나는 훌쩍 뛰어올라 근처 한산한 건물 옥상으로 향했다. 그리고 입을 열었다.

"한수영. 보고 있는 거 아니까 빨리 나와."

뒤쪽 공간이 갈라지며 새카만 어둠 속에서 한수영이 등장했다.

"뭐야, 어떻게 알았어?"

한수영은 몸에 착 달라붙는 청색 전투복을 입고 있었다.

피스 랜드에서 구한 히든 아이템인 듯했다.

"확성기를 듣고도 네가 안 왔을 리 없으니까."

"쳇."

[성좌, '심연의 흑염룡'이 당신을 향해 이빨을 드러냅니다.]

역시 저 녀석이 한수영의 배후성이 되었군. 한수영은 건들거리며 다가와 난간 아래로 다리를 늘어뜨렸다.

"그래서, 한참 재밌는데 왜 불렀어?"

"구경하러 왔냐? 시나리오 클리어할 생각을 해야지."

"야, 누가 최강인지 알아야 클리어를…… 잠깐. 넌 알아?"

나는 고개를 끄덕였다.

"둘 중 누군데? 설마 유중혁?"

"아냐."

한수영이 안도의 한숨을 내쉬었다.

"다행이네. 저 자식 죽으면 세계가 회귀해버릴 텐데, 그럼 곤란하지."

한수영이 품속에서 단도를 꺼내 들었다.

"구원교주. 쟤 죽이면 되지?"

벌써 돔 쪽으로 강하 준비를 마친 한수영을 향해 내가 고개를 저었다.

"쟨 최강이 아냐."

"아냐? 그럼? 누구 죽이라고?"

나는 말없이 한수영을 바라보았다.

잠시 후 그녀의 눈동자가 불신으로 차올랐다.

"……설마?"

나는 고개를 끄덕였다.

"슬슬 시나리오의 피날레를 장식해봐야지."

4

[저런, 생각보다 승부가 빨리 나겠는데요?]

유중혁과 니르바나의 피 튀기는 혈전을 보며 허공의 도깨비들이 킥킥댔다.

[절반까지는 아니더라도 삼분의 일은 죽을 줄 알았는데…….]

[이야기가 재미없게 흘러가는군.]

무려 중급 도깨비 셋이 방망이를 탁탁 두들기며 돔을 내려다보고 있었다. 도깨비들의 등장에 돔 바깥에 있던 화신들이 얼어붙었다. 도깨비가 모이면 끔찍한 일이 벌어진다는 걸 학습한 까닭이다.

[이러면 모처럼 '힌트'를 주는 보람이 없잖아요?]

[별수 없지. 조금 더 빨리 공개하자고.]

도깨비들의 말과 동시에, 허공의 전광판에 랭킹이 우르르 떠올랐다.

> 현재 서울 돔에서 여덟 번째로 강한 화신은 '월하신녀月下神女 유
> 상아'입니다.
>
> 현재 서울 돔에서 일곱 번째로 강한 화신은 '무장성주 공필두'입
> 니다.
>
> 현재 서울 돔에서 여섯 번째로 강한 화신은 '멸악의 심판자 정희
> 원'입니다.

순식간에 세 명이 공개되자 사람들 반응은 거의 폭발적이
었다.

"유상아가 누구야? 월하신녀?"

"공필두 어르신이 일곱 번째였군!"

정희원도 하늘에 뜬 전광판을 보고 있었다.

"어머, 내가 여섯 번째였네?"

"난 열 번째인데…… 쳇. 언니, 이 자식부터 조지고 나랑 한
판 붙어볼래요?"

이지혜가 바닥에 포박당한 중립의 왕 전일도를 콱 눌러 밟
으며 물었다. 그러자 정희원도 함께 발을 올려놓으며 말했다.

"흐흠, 미안하지만 그건 곤란해. 내 배후성이 널 좋아하거든."

"절요? 왜요?"

정희원은 대답하지 않고 전일도를 향해 검을 겨누었다.

"거기, 10위 안에도 못 들어간 전일도 씨?"

서슬 퍼런 칼날에 전일도가 몸을 부르르 떨었다.

"어떻게 [사상 감염]에서 풀려났지?"

"나한테 질문하지 마. 빨리 성흔 해제 안 하면 죽여버린다?"

"날 죽여도 내 성흔은 풀리지 않아."

전일도는 그 말을 마지막으로 까무러쳤다. 어쩐지 일이 피곤해질 분위기라, 정희원은 전일도의 뒤통수를 한 대 더 갈겨준 뒤 김독자를 찾았다.

"독자 씨?"

주변에 김독자가 보이지 않았다.

현재 서울 돔에서 다섯 번째로 강한 화신은 '순정강철純情强鐵 이현성'입니다.

돔 바깥쪽에서 한창 괴수와 격전을 치르던 이현성과 공필두도 그 메시지를 들었다. 공필두가 눈살을 찌푸리며 물었다.

"'순정강철'은 또 뭐야?"

"저, 저도 잘 모르겠습니다."

이현성은 모른 척하며 달려드는 5급 괴수종을 향해 [태산부수기]를 사용했다. [강철화]가 가능해진 그에게 이제 소재 앙급 괴수는 적수도 되지 못했다.

두두두두두!

하지만 괴수는 생각보다 많았고, 전선은 조금씩 밀려나고 있었다. 이현성은 이를 악문 채 무장요새를 보호하며 전열을 지켰다.

'독자 씨. 잘되고 있는 거 맞습니까?'

혹시 또 대답해주지 않을까 기대해봤지만, 김독자는 응답이 없었다.

현재 서울 돔에서 네 번째로 강한 화신은 '흑염여제黑炎女帝 한수영'입니다.

같은 시각, 한수영도 허공의 전광판을 보면서 실실 웃고 있었다.

"……진짜 내가 4위네?"

한수영은 피를 흘리며 바닥에 늘어져 있는 김독자를 내려다보며 물었다. 부탁대로 단번에 죽지 않을 정도로 찔렀지만, 출혈이 심해 곧 죽을 것은 확실해 보였다.

한수영은 쪼그리고 앉은 뒤, 피를 흘리는 김독자의 뺨을 꼬

집어 늘였다.

"김독자. 진짜 이대로 죽을 거야? 나 3위 만들어주려고?"

한수영은 찝찝한 얼굴로 김독자를 가만히 내려다보았다.

"이렇게 보니 그럭저럭 봐줄 만하게 생겼네."

물론 김독자는 대답이 없었다. 찌르라기에 찌르긴 했는데, 막상 하고 보니 진짜로 죽을까 걱정이 되었다.

아바타도 없는 놈인데. 설마, 아니겠지?

"내가 왜 이놈 걱정을……"

불평을 늘어놓던 한수영의 말이 잦아들었다. 잠든 김독자의 입술이 고통스러운 듯 일그러졌다. 무슨 일인지 묻고 싶지만, 사실 묻지 않아도 알 것 같았다.

김독자도 힘들 것이다.

멸망이 시작되기 전에는 그녀와 마찬가지로 평범한 일반인이었던 존재.

그런 존재가 세계의 존폐를 결정하는 무대에 뛰어들어 주인공들을 움직이고 있다. 한 번도 내색한 적이 없어서 김독자 또한 평범한 인간이라는 사실을 한수영은 잠깐 잊고 있었다.

손가락을 뻗어 김독자의 입꼬리를 위로 끌어당겼다. 눈은 찡그린 채 입만 웃는 기묘한 얼굴이 되었다.

한수영이 킥킥 웃었다.

"진짜 이상하다."

그때, 돔 안쪽에서 거대한 충격파가 터졌다. 마침내 유중혁과 니르바나의 싸움이 종국으로 치닫고 있었다.

[하하, 대망의 최종 3인만 남았군요. 누구인지 다들 궁금하시죠? 기다리세요! 곧 순위가 공개됩니다!]

[성좌, '은밀한 모략가'가 두근두근한 마음을 감춥니다.]
[성좌, '긴고아의 죄수'가 손에 털을 쥡니다.]
[성좌, '대머리 의병장'이 궁금함에 머리를 닦습니다.]

쏟아지는 성좌들 메시지를 들으며, 유중혁은 칼을 내리찍고 또 내리찍었다.

까가가가각!

천수관음을 꿰뚫은 검이 소름 끼치는 소리를 냈고, 근육 깊숙한 곳에서 고장 난 기계음 같은 것이 들려왔다. 유중혁은 자신의 육체가 조금씩 붕괴하고 있음을 느꼈다.

[거신화]의 부작용. 감당할 수 없는 힘을 품은 대가였다. 언젠가 태고의 거신에게서 힘을 받을 때, 거신은 분명 경고했다.

「모든 능력치가 세 자리에 도달하기 전까지, 절대로 기술을 사용하지 마라.」

하지만 거신은 스킬을 전승하며 이미 예상했을 것이다. 유중혁은 그의 경고를 듣지 않으리란 것을. 유중혁이 걸어야 할 길은 수라의 길이었고, 불가능한 길이었으며, 모든 수단을 동원해도 헤쳐 나갈 수 있을지 알 수 없는 길이었다. 절망스럽게도 그 길의 끝은 아직 가늠조차 되지 않았다.

유중혁은 전신의 마력을 짜내 검격을 퍼부었다. 칼날을 타고 지상을 향해 폭발한 마력이 파랑을 이루며 니르바나를 덮쳤다.

「파천의 검도는 폭발에 있다. 자신을 감추지 마라. 확장하고, 만개하고, 범람해라. 하늘이 네 위에 있는 것을 허락지 마라.」

그에게 [파천검도]를 가르친 스승, 파천검성破天劍聖의 말이었다. 2회차의 중후반 시나리오에서, 파천검성은 홀로 귀환자 연맹과 맞서 싸우다 혈마와 천마의 합공을 받고 죽었다. 그때 유중혁은 파천이 부술 수 없는 두꺼운 하늘을 보았다. 세상에는 분명 그런 하늘도 있다.

"유중혀어억—!"

하지만 적어도 니르바나가 그 하늘은 아니었다.

환생자 니르바나는 강하다. 앞으로 더 강해질 것이다. 하지만 아직 천마나 혈마처럼, 혹은 파천검성이나 역설의 백청처럼 강하지는 않았다.

그러니, 죽일 수 있다.

유중혁은 다시 한번 마력을 방출하며 니르바나의 전신을 으깨나갔다. 거신의 검을 감당한 니르바나의 천수관음이 넝마가 되어 부서졌다. 마력에 불타오른 살점들이 조각조각 찢어졌다. 급하게 계승한 스킬에 한계가 다가온 것이다.

"크아아아앗!"

니르바나의 몸이 땅으로 푹 꺼지더니 막대한 충격파가 안쪽에서 터졌다.

유중혁은 승리를 확신했다. 타격은 충분했다. 아직 니르바나에게 숨겨둔 한 수가 있는 것 같았지만, 이 정도 타격이면 놈이 무슨 짓을 해도 뒤집을 수 없는 싸움이었다.

'놈은 김독자를 의식해서 근접 계열 스킬을 계승할 수밖에 없었을 것이다.'

유중혁은 남은 마력을 끌어올리며 최후의 한 방을 준비했다. 놈이 구덩이에서 모습을 드러내는 순간, 최후의 일격을 먹이기 위해서였다. 그런데 그때 머릿속에 경고음이 울렸다.

[전용 스킬, '상급 정신 방벽 Lv.3'이 한계에 달했습니다.]
[전용 스킬, '사상 백신 Lv.1'이 침식당합니다.]

그럴 리가 없었다. [사상 백신]은 니르바나의 [사상 감염]과 [영겁의 감옥]에 대한 카운터 스킬이다. 그런데 어째서?

'설마.'

최악의 가정이 머릿속을 스쳤다. 그러고 보니 현생의 니르바나는 여전히 지난 생의 니르바나보다 약했다.

니르바나가 근접 계열 스킬을 계승하지 않았다면?

김독자라는 변수에도 불구하고, 처음부터 놈의 목적이 하나
뿐이었다면?

'제길, [백팔번뇌百八煩惱]인가.'

[전용 스킬, '상급 정신 방벽 Lv.3'이 무너집니다.]
[108개의 번뇌가 당신의 정신을 갉아먹기 시작합니다.]

아차, 하는 순간 시야가 검게 물들었다. 오감이 미쳐 날뛰기
시작했다. 평소답지 않게 상념이 폭주했을 때 뭔가 이상하다
고 눈치채야 했다. 구덩이 속에서 모습을 드러낸 니르바나가
웃고 있었다.

"유중혁! 너를 이해할 수 있는 것은 나뿐이다!"

니르바나가 오직 이 순간을 위해 인내해왔음을 잘 알 수 있
었다. 그의 뒤쪽에서 빛나는 108알의 거대한 염주.

"이제 그만 나와 하나가 되어라."

화아앗— 떠오르는 빛과 함께, 유중혁은 정신을 파고드는
번뇌의 파편을 느꼈다. 이 스킬에 정면으로 맞서다 무너지면
다음 회귀를 장담할 수 없게 된다.

'겨우 여기서.'

지금 회귀해야만 한다. 유중혁은 육신의 마지막 통제력을
행사해 '진천패도'의 칼날을 자기 목으로 가져다댔다.

「이 회차를 버린다고 다음 회차가 좋아질 거라 착각하지 마.」

그런데 왜 이 순간, 그 녀석의 말이 떠오르는 것일까.

「네가 버리려고 하는 이 회차가 '인간'으로서 세계의 끝을 볼 수 있는 '단 하나의 회차'일지도 모르니까.」

참담한 심경 속에서 유중혁은 처음으로 어떤 이름을 떠올렸다.

시야가 차츰 어두워졌다.

—자식이, 빨리도 생각한다.

착각일까. 익숙한 목소리가 들려왔다.

—잠깐 쉬고 있어.

그 목소리에 안심하고 말았다는 사실에 거부감을 느끼면서도, 유중혁은 편안히 눈을 감았다.

✠ ✠ ✠

천천히 눈을 뜨자 넘치는 힘이 느껴졌다.

시야의 높낮이가 미세하게 달라졌고, 전신을 알맞게 감싼 전투 근육의 감각이 나를 기분 좋게 만들었다. 적당하게 분비된 아드레날린. 뭐든 해낼 수 있을 것 같은 자신감이 충만하게 차오르고 있었다.

['1인칭 주인공 시점'을 발동합니다!]

미친. 이게 '진짜' 1인칭 주인공 시점이었구나.

이것이 평소 유중혁이 느끼는 바로 그 감각이다.

이러니 강하지 않을 수가 있나.

"······어떻게 [백팔번뇌]를?"

당황한 니르바나가 보인다.

나는 돔 바깥을 흘끗 보았다. 유중혁에게 빙의했다는 것은 한수영이 일을 제대로 처리했다는 뜻이겠지. 예정대로면 내 숨이 완전히 끊어지기까지 남은 시간은 오 분 정도.

사납게 눈을 치뜬 니르바나가 다시 나를 향해 스킬을 시전했다.

[등장인물 '니르바나 뫼비우스'가 스킬 '백팔번뇌 Lv.2'를 발동합니다!]

[백팔번뇌]. 본래는 깨달음의 경지를 높이기 위해 스스로 정신을 고문하는 스킬이었다. 하지만 타인에게 사용할 경우 끔찍한 정신착란을 불러일으킨다. 특히 유중혁 같은 회귀자에게 사용할 경우, 그 효과는 [사상 감염]이나 [영겁의 감옥]보다 무시무시했다.

물론 내가 '유중혁'이라면 그랬을 거라는 얘기다.

['제4의 벽'이 '백팔번뇌'의 효과를 완전히 무효화합니다!]

미안하지만 나는 지금 평범한 '유중혁'이 아니다.

"이 느낌은…… 너는 누구냐?"

과연 환생자라 눈치는 빠르군.

나는 재빨리 달려가 놈의 주둥이에 주먹을 꽂았다.

"크아아악!"

종이 인형처럼 날아가는 니르바나.

회귀자의 몸이 좋기는 좋다. [전인화]도 안 썼는데 이런 스피드와 파괴력이라니. 육체의 힘이 다한 니르바나는 저항조차 하지 못하고 허공을 날았다. 나는 틈을 주지 않고 쫓아가 추가타를 먹였다.

퍼어억!

아주 통쾌한 감각이었다. 하지만 니르바나는 아직 버틸 만하다는 얼굴이었다. 그럴 법도 하다. 놈에게는 통증도, 죽음도 익숙할 테니까. 나는 다시 한번 놈의 얼굴을 갈기며 말했다.

"수십 번이나 '죽음'을 겪어서 오히려 '죽음'을 알 수 없다니. 우스운 일이지."

단 한 번만 일어나는 일이기에 죽음은 비로소 죽음이 된다.

"가장 '현재'를 살지 못하는 녀석이 '현재'를 설파하고 다니다니. 모순이 따로 없어."

죽음 이후가 없기에, 역설적으로 인간의 '현재'는 소중해진다. 그렇기에 니르바나는 '죽음'도 '현재'도 모른다.

"어떻게 나에 대해…… 커헉!"

"잘 알지. 네가 유중혁과 하나가 되려는 이유도, 구원교를 전파하는 이유도, 이런 짓을 통해 최종적으로 무엇에 도달하려 하는지도."

잘 알기에 지금 놈을 막아야 했다. 주춤거리며 물러나는 니르바나. 그래도 환생자라고 빠르게 평정을 회복하는 듯했다. 니르바나가 이를 갈며 외쳤다.

"어리석은 중생아! 네가 누군지는 모르겠지만 이런 짓을 해도 소용없다. 나를 죽여도 유중혁은 죽는다. 시나리오가 파멸로 가는 것은 누구도 막을 수 없다. 세계의 비극은 반복될 것이다. 나는 환생할 것이고, 유중혁은 회귀할 것이다! 그리고 우린 끝내 하나가 될 것이다!"

그래, 그것이 환생자의 사고방식이겠지. 하지만.

"정말 그렇게 생각해?"

그 순간 전광판에 메시지가 떠올랐다.

현재 서울 돔에서 세 번째로 강한 화신은 '패왕 유중혁'입니다.

그것참, 타이밍하고는. 니르바나의 표정이 이상해졌다.

"세 번째라고? 유중혁이?"

나는 고개를 끄덕이며 웃었다.

"유중혁은 절대 '다음 회차'로 가지 않아."

"뭐?"

"무슨 일이 있어도 유중혁은 살아. 죽는 건 너 아니면 나지."

"웃기지 마라! 나는 최강의 화신, 니르바나 뫼비우스다. 하찮은 중생에게……!"

현재 서울 돔에서 두 번째로 강한 화신은 '구원교주 니르바나'입니다.

젠장. 벌써 2위까지 발표할 줄은 몰랐네.

허공을 올려다보니 도깨비들이 낄낄대고 있었다. 승자가 정해졌다고 판단했겠지. 니르바나의 동공이 흔들렸다.

"말도 안 되는…… 그런 일이 있을 리가……?"

"니르바나, '현재'를 살고 싶다고 했지?"

"설마 너는……?"

결코 해석할 수 없는 화두話頭라도 만난 것처럼 니르바나의 몸이 부들부들 떨렸다.

그런 니르바나를 향해 나는 조용히 입을 열었다.

"내가 너에게 '죽음'을 알려주마."

5

서울 상공에 랭킹 2위와 3위가 발표되자 화신들은 패닉에
빠졌다.

"젠장! 이게 뭐야!"

"그럼 최강은 누군데? 우린 어떻게 되는 거야?"

화신들은 당연히 유중혁과 니르바나 중 하나가 최강의 화
신이고, 이곳에서 둘 다 죽을 거라 생각했다. 그런데 상황이
달라졌다. 승패가 가려진 순간 전력을 다해 1위를 해치우고
시나리오를 클리어할 셈이었기에, 화신들은 예상치 못한 반전
에 허둥거렸다.

그아아아아!

설상가상으로 5급 괴수종 한 마리가 방어진을 꿰뚫고 난입
했다. 방심하던 화신들이 괴수 이빨에 뜯겨나갔다.

"으아아악!"

상황은 최악으로 치달았다. 밀려오는 5급 괴수종은 점점 많아졌고, 화신들은 생각보다 단합력이 좋지 않았다.

[* 현재 화신 수: 89,041명]

그새 또 수천 명이 죽었다. 뒤따라 난입한 이현성이 [태산부수기]로 괴수의 머리를 으깼다.

"군인 아저씨! 이게 대체 무슨 상황인데?"

이지혜와 정희원이 그를 향해 달려왔다. 각자 방어선을 맡아 괴수를 해치우던 중이었다.

"니르바나가 최강이 아니면 독자 아저씨 예상이 빗나간 거 잖아? 이제 우리 어떡하냐고!"

일행의 계획은 어디까지나 '니르바나가 최강의 화신일 경우'를 가정한 것이었다. 지금 상태로는 니르바나를 죽여도 시나리오가 끝나지 않는다. 이현성은 멍하니 돔을 바라보았다.

"내 생각엔⋯⋯."

무슨 생각을 했는지 이현성의 얼굴이 창백해졌다.

¤ ¤ ¤

"크아아악!"

니르바나의 몸이 비명과 함께 허공을 날았다.

"죽음을 알려주겠다고? 웃기지 마라!"

무기력하게 두들겨 맞으면서도 니르바나는 의지를 굽히지 않았다.

"나는 죽지 않는다. 무슨 수를 써봤자 진정한 죽음은 맞을 수 없단 말이다! 그렇게 쉽게 죽을 수 있었다면 이렇게 고생하지도 않았다!"

그토록 오랜 세월을 살았는데 저렇듯 다양한 감정을 간직할 수 있다는 사실에 새삼 놀란다. 나는 녀석의 멱살을 잡은 채 말했다.

"사실은 죽고 싶은 거구나."

"……!"

"자신이 죽지 못하기 때문에, 타인의 죽음을 보며 위안으로 삼는 거야."

모든 인간은 단 한 번 죽기에, 한 번의 생에 절실한 가치를 부여할 수 있다.

"그래서 화신에게 구원교를 전파한 거야. '단 한 번뿐인 삶'을 살아가는 모습을 보며 대리만족을 느끼고 싶어서. 그들이 느끼는 감정을 너도 '하나'가 되어 공유하고 싶어서."

[등장인물 '니르바나 뫼비우스'에 대한 이해도가 상승했습니다.]

나는 니르바나를 알고 있었다. 단순히 소설 속 인물이기에 안다는 뜻이 아니었다. 자신이 절대로 될 수 없는 무언가를 동경하는 니르바나.

니르바나는 나와 닮았다.

"잘난 듯 떠들지 마라."

어느덧 니르바나의 목소리가 차분해져 있었다. 정말로 분노했을 때 녀석이 내는 목소리였다. 니르바나가 멱살을 뿌리치며 비틀거렸다.

"죽음을 모르는 건 인간도 마찬가지다. 진정한 죽음 이후에는 무엇도 존재하지 않으니까. 인간은 죽을 수는 있지만 진정한 의미에서 '죽음'을 겪을 수는 없다. 그건 누구도 소유할 수 없는 것이다!"

"적어도 죽음의 공포를 느낄 수는 있지. 그게 인간의 삶을 가능하게 해. 평범한 인간과 너의 가장 큰 차이점이고."

"네놈······!"

니르바나의 주먹이 나를 향해 날아들었다. 나는 놈의 주먹을 쉽게 잡아챘다.

"그래서 유중혁과 '하나'가 되고 싶었냐?"

"······?"

"유중혁과 '하나'가 됨으로써, 네 존재를 지울 수 있을 거라 생각한 거잖아. 그렇지?"

니르바나의 표정이 완전히 굳었다.

"[환생]은 최상위 성좌의 성흔. 그걸 지우려면 더 높은 성좌의 권능에 기대는 수밖에 없으니까."

나를 바라보던 니르바나가 이를 갈며 말했다.

"너는 내 상상을 초월하는 놈이구나."

"그런 말 자주 들어."

"그만 죽여라. 네 말대로 나는 죽음이 두렵지 않으니까!"

니르바나의 꺼져가는 눈길에 복수심이 타올랐다.

"하지만 명심하는 게 좋을 거다. 나는 몇 번이고 되살아날 것이다. 몇 번이고 다시 살아나서 네놈 동료를 하나씩 쳐 죽이고 최악의 고통을 알려주겠다. 네 어미에게 그랬던 것처럼 말이지."

"……어머니를 만났어?"

"그래, 아주 훌륭한 어미더군."

[전용 스킬, '제4의 벽'이 흔들립니다.]

"굴복시키는 재미가 있는 인간이었지. 네놈도 알겠지만 나는 고결한 정신을 타락시키는 걸 좋아하거든."

[전용 스킬, '제4의 벽'이 흔들립니다.]

"내 눈앞에서 몸부림치며 살려달라 애원하던 그 모습이, 지금도 아주 선명해."

세상에는 그런 도발이 있다. 도발인 줄 알면서도 걸려들 수밖에 없는 도발. 어머니가 그랬을 리 없다는 걸 알면서도.

[전용 스킬, '제4의 벽'이 거세게 흔들립니다.]

"하하하! 걸렸구나!"
시야가 흔들리며 세상이 까맣게 물들었다.

[등장인물 '니르바나 뫼비우스'가 '백팔번뇌 Lv.2'를 발동합니다!]

의식이 어딘가로 빨려들더니, 다음 순간 나는 돔이 아닌 다른 세계에 내던져져 있었다. 어둠 속에서 익숙한 목소리가 들려왔다.

「사부, 도망가요!」
「제발, 제발 이 세계를 구해줘.」
「당신은 이 세계를 버리면 그만이겠지. 하지만 나는⋯⋯!」

깊은 한과 원망이 깃든 목소리들. 나는 이 세계가 어디인지 알 것 같았다. [제4의 벽]이 흔들리며 나타난 장소. 이곳은 번뇌로 들끓는 유중혁의 내면이었다.
"유중혁! 드디어 나를 허락했구나! 그리고⋯⋯ 역시 네놈도 함께 왔군."
흉측한 몰골의 니르바나가 눈앞에 있었다. 나는 쓰게 웃으며 녀석을 바라보았다. 마지막에 이런 반격을 준비하다니, 역시 환생자는 환생자다.

"네가 여기에 온 것은 실수였다."

니르바나 발밑에 만다라 문양이 나타났다. 영혼의 내면은 개연성의 영향을 적게 받는 장소. 이곳에서 니르바나는 자신이 쌓아온 이야기의 힘을 고스란히 사용할 수 있게 된다.

쿠구구구구!

니르바나의 몸집이 순식간에 거인처럼 커졌다. 무수한 생을 거듭한 영혼의 중압감은 그야말로 엄청났다. 그만한 이야기를 쌓았으니 당연한 일이겠지.

등에서 수백 개의 팔이 날개처럼 자라났다. 다리는 새의 깃털과 뱀의 비늘로 반반씩 덮여 있었다. 주둥이는 늑대처럼 튀어나왔고, 머리 위로는 정체를 알 수 없는 뿔이 돋았다. 이제껏 그가 겪은 모든 환생을 집약한 듯한 모습.

[나는 니르바나 뫼비우스.]

저것이 니르바나의 본신本身이다.

[불행한 중생을 열반으로 인도하는 존재.]

자신만만한 모습이 좋아 보인다. 하지만 니르바나는 모를 것이다. 내가 일부러 녀석의 [백팔번뇌]에 당했다는 사실을.

나는 웃으며 입을 열었다.

"니르바나. '환생'의 원리가 뭔지 알아?"

니르바나의 시선이 나를 향했다. 이쪽을 보는 것만으로 공간이 불길하게 떨렸다. 나는 굴하지 않고 말을 계속했다.

"네 영혼은 '만다라의 수호자'에게 구속되어 있어서 죽어도 명계로 가지 않아. 대성좌의 고유한 율법에 따라, 현생에서 막

태어난 다른 육체로 반복해서 깃들 뿐이지."

　[무슨 소리를 하려는 것이냐?]

　"너는 불멸이 아니야. 육신은 다시 태어나도 '영혼'은 그렇지 않다는 뜻이지."

　[헛소리를!]

　니르바나에게서 자라난 수백 개의 팔이 나를 향해 쏟아졌다. 폭포처럼 퍼붓는 천수관음. 현실에서 맞았다면 바로 온몸이 터져 죽어버렸을 것이다. 하지만 이곳이라면 다르다.

　지금 나는 유중혁에게 빙의했다. 즉 이곳은 나의 '내면'이기도 하다는 이야기였다.

　<u>츠츠츠츠츳!</u>

　달려들던 천수관음의 폭포가 코앞에서 전류를 튀기며 녹아 없어졌다. 당황하는 니르바나. 나는 내 주변을 감싸는 무수한 페이지를 보았다.

　[전용 스킬, '제4의 벽'이 발동합니다.]

　책장 넘기는 소리와 함께, 주변에서 페이지가 요란하게 흩날리기 시작했다. 새하얀 페이지 위를 떠도는 글씨들. 내가 읽어온 무수한 텍스트가 거대한 벽이 되어 주변을 덮고 있었다.

　경악한 니르바나가 재빨리 탈출을 시도했으나 이미 늦었다. 벽에 부딪힌 니르바나의 몸이 새파란 스파크와 함께 녹아내렸다.

[대체 무슨 짓을 한 것이냐!]

성좌조차 튕겨낼 수 있는 [제4의 벽]. 나는 궁금했다. 어쩌면, 이것을 이용해서 환생자를 영멸할 수도 있지 않을까.

[어서 이 벽을 열어라! 이것은, 이것은 대체……!]

당황한 니르바나가 다시 벽을 바라보았다. 눈이 멀듯 환한 빛이 벽 위의 문자에서 뿜어져나왔다.

「세계가 있기에 계속해서 환생하는 것이라면, 이 세계를 지우면 된다.」

[이건…… 설마 이것은……!]

문장을 보며 니르바나가 경악성을 토했다.

「유중혁이라면 나를 세계의 끝에 데려다줄 수 있겠지.」

[어, 어떻게 네놈이 이걸 알고 있는 것이냐!]

나는 니르바나를 향해 다가가며 말했다.

"세계의 끝까지 가지 않아도 돼."

벽에 문자가 떠오를 때마다 니르바나의 거대한 몸이 조금씩 해체되기 시작했다. 갈가리 찢긴 니르바나의 몸이 무수한 문자로 분리되어 하나둘 [제4의 벽] 속으로 빨려들었다.

"너는 여기서 죽는다."

갈가리 분해되는 자신의 영혼을 보는 니르바나의 얼굴에

낯선 감정이 떠오르고 있었다.

「환생자 니르바나는, 수백 년의 방황 끝에 비로소 '단 한 번의 삶'
에 도달했다.」

벽면에 떠오르는 문자열을 보며, 니르바나가 허탈한 웃음을
지었다.
[하…… 하하, 하하하.]

「그는 처음으로 진짜 '죽음'을 맞이하고 있었다.」

니르바나는 환희에 젖은 표정이었다.

「이것이…… 죽어간다는 것.」

[그렇구나. 이것이 바로.]

「그 순간, 니르바나는 이것이 자신이 오래도록 기다려온 순간임
을 깨달았다.」

수백 년 넘는 세월. 무수한 환생 끝에 도달한 장소. 오래도
록 이날을 기다려온 독실한 승려처럼, 니르바나는 눈을 감았
다. 눈을 감았음에도 벽면에는 계속해서 니르바나의 내면이

쓰여지고 있었다.

「그런데 왜일까. 그토록 바라온 일인데.」

니르바나의 전신이 자잘한 균열로 뒤덮였다. 발, 다리, 허벅지, 가슴…… 부서진 조각은 고스란히 [제4의 벽]으로 빨려들었다.

「나는 왜 이것을 두려워할까.」

태어나 처음으로 느끼는 죽음의 공포. 죽는다는 것. 이후가 없다는 것. 생각할 수도, 움직일 수도, 말을 할 수도 없고, 자신의 존재를 느낄 수조차 없다는 것.

「내가 존재하지 않는다는 것.」

순간 감겼던 니르바나의 눈이 번뜩 떠졌다.

「싫어…… 싫다!」
「그러나 입이 흩어진 니르바나는 그 말을 외칠 수 없었다.」
「앞으로 내뻗은 팔이 허망하게 사라졌다.」
「애초에 실존이란 그렇게 아름다운 게 아닌 것이다.」

죽음에 달관한 필멸자는 없다. 모든 존재는 죽음 앞에서 무력하다.

「안 돼! 제발! 그만둬! 나를 죽이지 마!」
「그래, 네 어머니의 비밀. 난 그걸 알고 있어! 네 어머니가 끝내 말하지 않던 이야기, 내가 안다고—」
「살려줘. 제발. 나를 살려준다면⋯⋯!」

나는 그런 그를 가만히 바라보았다.
소설 속 등장인물의 최후를 목격하듯이.

「추하게 발버둥 치던 니르바나는, 마지막 순간 자신이 가장 증오하던 말을 입으로 되뇌었다.」
「죽고 싶지 않아.」

이윽고 니르바나의 영혼이 완전히 사라졌다.

['제4의 벽'이 등장인물 '니르바나 뫼비우스'를 포식했습니다.]

처음으로 듣는 메시지였다. 극장 던전의 보스를 죽였을 때와는 벽이 다르게 반응하고 있었다. 일순 두려운 마음이 일었다.

['제4의 벽'이 만족한 듯 웃습니다.]

니르바나를 죽인 것까지는 괜찮았다. 하지만 생각해보면, 나도 [제4의 벽]이 정확히 무엇인지 모른다.

['제4의 벽'이 탐욕스러운 눈빛으로 당신을 바라봅니다.]

살아 있는 것처럼 꿈틀대는 벽. 니르바나만으로는 부족하다는 듯 벽은 나를 향해 입맛을 다셨다. 츠츠츠츳, 하는 소리와 함께 벽면 위에 뭔가 떠올랐다.

「그 순간, 김독자는 생각했다. '언젠가 나 역시 이 [벽]에 먹히는 것은 아닐까.'」

['백팔번뇌'가 해제됩니다.]

시야가 원래대로 돌아오기 시작했다.
벽도, 니르바나도, 유중혁도.
처음부터 아무것도 없었다는 것처럼.
숨을 헐떡이며 눈을 깜빡이자 광화문의 돔으로 돌아와 있었다.
눈앞에서 니르바나가 가루로 흩어지고 있었다. 오랜 방황 끝에 마침내 안식을 찾은 것이다. 장내는 찬물을 끼얹은 듯 조용했다. 나는 서서히 유중혁의 다리를 움직여 앞으로 걸어갔다. 도깨비가 말했다.

[이런. 벌써 시나리오의 마지막이 다가왔군요. 이제 최강의 화신이 누구인지 발표해야겠죠?]

피로감 때문인지 한 걸음을 옮기는 것만으로 힘에 부쳤다. 도깨비의 쩌렁쩌렁한 목소리가 머릿속에서 울렸다.

[최강의 화신, 그는 바로…….]

의식이 급격하게 흐려지며 목소리가 잦아들었다. 아무래도 시간이 다 된 모양이었다. 마지막 말을 채 듣지 못하고 감각이 꺼졌다.

[정신력이 과도하게 소모되어 '전지적 독자 시점' 3단계를 해제합니다.]

['1인칭 주인공 시점'이 해제됐습니다.]

(…)

[당신은 사망했습니다.]

※ ※ ※

그리고 이틀 뒤, 나의 장례식이 시작되었다.

29
Episode

별자리의 연회

Omniscient Reader's Viewpoint

1

광화문 광장에 추적추적 비가 내렸다. 괴수가 물러간 거리는 폐허에 가까웠다. 붕괴한 언론사의 로고가 쓰레기처럼 바닥을 나뒹굴었다. 광화문의 상징이던 세종대왕상과 이순신상은 통째로 망가져 있었다.

"아……."

서울이 자랑하던 문명은 붕괴했고, 문화는 소실되었다. 이야기만이 남았으나 광화문에 남은 사람 중 누구도 이야기를 원하지 않았다.

땅을 파는 몇몇 화랑을 보며 이지혜가 입을 열었다.

"……정말 죽은 거예요?"

누구도 대답하지 않았다. 대답하지 않은 이유는 제각기 달랐다.

정희원도, 이현성도, 이길영도, 신유승도.

각자 생각이 있었지만 입밖으로 꺼내는 사람은 없었다.

혹시나 그 생각이 틀릴까 봐.

혹시나…… 그 생각이 맞을까 봐.

"아니…… 정말로?"

김독자의 시신이 발견된 것은 여덟 번째 시나리오가 끝난 지 한 시간이 지날 무렵이었다.

"아저씨! 정신 좀 차려봐! 장난이지?"

사인은 과다출혈. 처음에는 모두 어리둥절했다. 상황이 벌어지는 내내 보이지 않던 김독자가 갑자기 죽었다니. 그래도 크게 당황하지 않고 기다렸다. 몇 번인가 이런 일이 있었기 때문이다.

처음으로 화룡종을 사냥했을 때, 그리고 범람의 재앙에 맞섰을 때도 김독자는 죽었다 살아난 적이 있었다. 그래서 이번에도 기다렸다. 당연히 평소처럼 다시 살아날 거라고. 그리고 특유의 씩 웃는 미소를 지으며 약간은 소심하면서도 시시껄렁한 농담을 던질 거라고.

그러나 김독자는 다시 일어나지 않았다.

한 시간이 지나고, 두 시간이 지나고. 마침내 하루가 지나고, 이틀째 밤이 찾아왔을 때도.

김독자는 일어나지 않았다.

시신은 싸늘하게 식어갔다. 넋 나간 일행을 독려해 관을 만든 사람은 상황을 보다 못한 민지원이었다.

"……그가 서울시의 최강이었어요."

그녀만이 누구도 하지 않은, 누구도 할 수 없었던 일을 시작했다.

김독자를 알았지만 김독자와 인연이 옅었기에 할 수 있는 일을.

민지원은 김독자의 희생을 알렸다. 모두 최강자의 다툼에 열광해 있을 때, 홀로 조용히 죽음을 선택한 진짜 최강자의 이야기를 퍼뜨렸다.

사람들은 김독자를 다른 별명으로 불렀다.

실제로 도깨비가 최강자를 호명했을 때, 사람들 귀에 그 별명은 저마다 다른 이름으로 들렸다.

왕이 없는 세계의 왕.

고독한 메시아.

가장 못생긴 왕…….

각자 들은 말은 달랐지만, 그 말이 수렴하는 방향은 같았다. 서울 돔의 최강은 김독자였고, 김독자는 서울을 위해 죽었다.

서울은 김독자에게 구원받았다.

아무도 알아주지 않는 곳에서 죽어간 구원자. 민지원은 그런 김독자를 위한 관을 만들었다. 김독자의 시신을 관 속에 뉘는 모습을 보며, 눈물을 머금는 사람이 있었다. 저게 누구냐며 어리둥절한 사람도 있었고, 뒤늦게 이야기를 듣고 탄식하는 사람도 있었다.

신유승은 울고 있었다.

"유승아."

정희원이 신유승을 관에서 떼어냈다. 이현성은 아직까지 혼란스러운 표정이었고, 이길영은 현실에서 도피하는 듯 멍한 얼굴이었다.

"독자 형이 죽었을 리 없어."

이지혜는 주먹을 부르쥔 채 절규했다.

"사부는 어디 간 거야?"

"……."

"사부는 이 아저씨 살릴 수 있잖아! 설화 언니는 어디 있었는데!"

그러나 원망을 들을 유중혁은 이미 그곳에 없었다. 급기야 이지혜의 눈에도 서러운 울음이 맺혔다.

"아저씨는……."

차마 인정하고 싶지 않았던 것을 인정해야 한다.

김독자는 죽었고, 이제 다시는 살아나지 않는다.

[곧 새로운 메인 시나리오가 시작됩니다.]

그들은 이제 김독자가 없는 세계를 살아가야 했다.

¤ ¤ ¤

「그들은 이제 김독자가 없는 세계를 살아가야 했다.」

만약 이게 멸살법이었다면 분명 그따위 문장이 쓰여 있었
겠지.

"음, 날 위해 이렇게까지 슬퍼해주다니."

그렇게 말하고 싶지만 목소리가 나오지 않았다.

성대도 입도 없는 상태였기 때문이다.

그나마 이렇게 정신력이 회복될 때마다 '3인칭 관찰자 시
점'으로 상황을 지켜볼 수 있다는 게 유일한 위안이었다. '1인
칭 시점'을 적용하면 더 좋겠지만, 유중혁에게 지나치게 이입
했던 까닭인지 현재 작동이 불가한 상태였다.

[과도한 몰입으로 '1인칭 시점'의 사용이 제한되어 있습니다.]

이윽고 관에 흙이 덮이기 시작하자 몇몇 사람이 소리쳤다.

"가장 못생긴 왕이시여!"

제기랄. 정말 도깨비 자식들이 나한테 저따위 별명을 붙였
다고?

비형 놈 짓이 틀림없다. 울먹이며 꽃을 내려놓는 신유승을
보고 있자니 기분이 점점 묘해진다. 일행들은 이제 내가 죽었
다는 사실을 납득하는 분위기였다. 살아서 자기 장례식을 보

다니. 그런 인간은 아마 나뿐이겠지.

"혀어어어어엉—!"

끝까지 태연한 척 굴던 이길영도 관에 흙이 반쯤 덮이자 관 짝에 달려들어 눈물 콧물을 질질 흘리기 시작했다. 이지혜도 만만찮았다.

"아저씨이이이—!"

평소에 틱틱대기만 하던 애가 나 죽었다고 저 난리를 피워 대다니…… 감동적이기는 하다. 여기서 내가 관을 뚫고 일어 나야 재밌는 광경이 펼쳐질 텐데.

하지만 지금은 그럴 수가 없었다. 왜냐하면 지금 나는 소위 말하는 '쿨타임'에 걸려 있기 때문이다.

　

[특성 '여덟 개의 목숨'의 특전이 발동 중입니다.]

　

부활 자체는 별로 걱정할 것이 없었다. 피스 랜드에서 '불살 의 왕'을 내주고 얻은 특성, '여덟 개의 목숨'이 있으니.

야마타노오로치의 성혈과 살점으로 빚은 술을 마셔야만 얻 을 수 있는 이 특성은, 말 그대로 사용자에게 '여덟 개의 목숨' 을 제공한다.

　

[뱀의 첫 번째 머리를 희생합니다.]

[해당 머리의 능력은 '인망人望'입니다.]

야마타노오로치의 머리에는 각각 다른 능력이 잠들어 있고, 부활 시에는 해당 능력에 관계된 축복을 얻는다. 이렇게만 보면 나쁘지 않다. 문제는 이 특전으로 부활 시 '불살의 왕' 때와는 다르게 대기 시간이 있다는 것이었다.

[부활을 위해 72시간의 대기 시간이 필요합니다.]
[남은 대기 시간: 24:07:12]

아직도 하루가 더 남았다니. 곧 다음 시나리오가 시작될 참인데.

한동안 내 장례식을 더 지켜보다가 시점을 바꾸었다. 어쩐지 그 이상 지켜보다가는 미안해서 부활하지 못할 것 같았다.

['3인칭 관찰자 시점'의 관찰 인물을 변경합니다.]

곧 새로운 화면이 떠올랐다. 고풍스러운 마감으로 꾸며진 지하실. 한 쌍의 남녀가 있었다.

"……유중혁 씨?"

여자는 유상아였다. 그리고 방금 전까지 사지가 묶여 있던 그녀를 풀어준 이는 말할 필요도 없이 유중혁이었다. 아마도 내가 녀석의 육체를 떠나기 전 마지막으로 남긴 부탁을 들어주려는 것이리라.

"독자 씨는요?"

"김독자는 죽었다."

유중혁의 무뚝뚝한 선언에 유상아는 세상이 멸망한 듯한 표정이었다. 그래도 김독자의 이십팔 년이 아주 형편없지는 않았던 모양이다.

"하지만, 다시 살아날 거다."

"살아난다고요? 어떻게……."

"방법은 모른다. 하지만 놈이 그렇게 죽을 리 없어."

하긴 유중혁이야 일전에 내가 부활하는 모습을 두 눈으로 똑똑히 보았으니까. 저놈은 몇 년이 지나도 내가 다시 살아날 거라 믿으리라.

"……아니, 반드시 살아나야 한다."

주먹에 돋은 힘줄만 아니면 제법 감동적이었을 텐데. 유중 혁이 무언가 다짐하는 듯 불길하게 중얼거리더니 여전히 충 격에 빠져 있는 유상아에게 물었다.

"김독자의 가족은 어디 있지?"

나는 깜짝 놀랐다. 이 자식, 내가 안 시킨 것까지 하려고 하 잖아? 일순 유상아의 얼굴에 수심이 어렸다. 다급히 전할 말 이 있는 듯했다.

"아, 독자 씨 어머님은……."

안타깝게도 그 순간, 화면이 꺼지며 메시지가 들려왔다.

[정신력이 모두 소진됐습니다.]

['전지적 독자 시점' 3단계가 종료됩니다.]

이것이 영혼체의 안 좋은 점이다. 한번 소모된 정신력의 회복이 더디다. 육체가 없는 상태니 당연한 일일지도 모른다. 백魄이 없는 혼魂은 한쪽 전극을 잃은 전지나 마찬가지다. 육체가 없는 기간이 길어질수록 정신은 피폐해진다. 귀신들이 미쳐버리는 것도 비슷한 연유다.

「니르바나가 어머니를 죽였을까?」

그렇기에, 나 역시 미치지 않기 위해 필사적으로 질문을 이어나가야 했다.

「아마 아닐 거야.」

다른 사람도 아니고 그 '어머니'다. 니르바나 또한 누군가를 그렇게 쉽게 죽이거나 고문하는 성격은 아니었다. 적어도 구원 교주로 활동하는 동안 나름 신사적인 데가 있는 녀석이었다.
다만 니르바나가 마지막으로 남긴 말이 마음에 걸렸다. 어머니가 내게 비밀이 있다고 했다. 어머니가 나한테 숨기고 있던 것? 아무리 생각해도 전혀 감이 잡히지 않는다.
모르겠다. 어쩌면 알고 싶지 않은지도.
간접 메시지가 들려온 것은 그때였다.

[성좌, '아비도스Abydos의 주인'이 당신의 영혼을 부릅니다.]

……아비도스의 주인? 나는 곰곰이 멸살법의 내용을 떠올려 보았다. 내 기억이 맞는다면, 아비도스는 고대 이집트의 수도이다.

[성운, <파피루스>가 당신에게 '소생甦生 설화'를 하사하고자 합니다.]

오호라, 이것 봐라? 파피루스는 이집트 신화의 성운이었다.

[성좌, '하늘의 서기관'이 당신의 영혼을 부릅니다.]

어? 메타트론도? 생각하기 무섭게 다음 메시지가 떠올랐다.

[성운, <에덴>이 당신을 '메시아의 길'로 이끌고자 합니다.]

소생 설화에, 메시아……?

[성좌, '술과 황홀경의 신'이 당신을 하위 성좌로 거두고자 합니다.]
[성운, <올림포스>가 당신을 위한 자리를 마련합니다.]

……얼씨구?

[성좌, '12월 25일의 주인'이 당신을 부릅니다.]
[성운, <베다>가 당신에게 '부활의 축일'을 선물하고자 합니다.]

[성좌, '서천꽃밭의 꽃감관'이 당신의 영혼을 부릅니다.]
[성운, <탐라>가 당신을 원합니다.]

인도 신화에 한국 신화까지?
그 외에도 수많은 메시지가 우후죽순으로 쏟아졌다.
거대 성운부터 소규모 성운에 이르기까지, 수많은 성운이
내게 러브콜을 날려대고 있었다.
가만 보니 이 녀석들이 무슨 속셈인지 알 것 같았다.
지금 나한테 자기들 신화를 덧씌워보겠다 이거지?

[몇몇 성좌가 서로 삿대질을 합니다.]
[일부 성좌가 남의 신화를 도둑질하지 말라고 경고합니다.]

디오니소스, 미트라, 한락궁이…… 방금 나를 부른 것은 모
두 '부활'에 관계된 성좌다.

[성좌들이 당신의 부활을 두고 신경전을 벌입니다.]

즉 지금 내 설화에 한 다리씩 걸쳐보려고 수작을 부리는 것
이다.
모든 설화는 회자膾炙를 통해 강화된다.
필멸자가 회자와 전승을 거듭할수록 해당 설화는 영향력이
강해진다. 그런데 어느 날 '김독자'라는 놈이 사흘 만에 무덤

에서 부활해 다음과 같은 말을 외친다면……?

"나는 김독자다! 모두에게 그리스도의 축복 있으라!"

그리스도 대신에 미트라나 디오니소스가 들어가도 상관없다. 사람들은 놀라 나자빠질 것이고, 신화는 그 자리에서 재현될 것이다. 경악한 화신들은 이야기를 퍼뜨릴 것이고, 설화의 파급력은 상상을 초월하겠지.

그 결과 해당 설화와 관계된 성운은 막대한 개연성을 얻어 시나리오에 간섭할 힘을 가지게 될 것이다.

지금 성운들이 난리를 치는 이유는 바로 그것이었다.

나는 졸지에 부활 하나로 시나리오를 좌지우지할 힘을 얻게 된 셈이었다.

[한반도의 성좌들이 당신의 선택에 주목합니다.]

내 선택에 따라 한반도에서 성운의 운명이 뒤바뀐다. 얼핏 보면 내가 '갑'처럼 보이는 상황이지만, 사실 그렇게 마음 편한 '갑' 자리는 아니었다.

[성좌들이 신화의 정통성을 두고 신경전을 벌입니다.]

지금은 내가 선택권을 가진 것처럼 보여도 문제는 선택이 끝난 후다. '부활 설화'는 성운들 사이에서도 표절 문제로 민감한 설화. 특히 〈에덴〉과 〈베다〉가 대립이 심했는데, 내가 한

쪽을 선택하고 나면 다른 쪽 성운과는 완전히 척을 질 수도 있었다.

아직 나는 성좌도 되지 못한 애송이에 지나지 않는다. 그렇다고 전부 거절하자니 모두에게 원성을 살 것도 같고…….

[다수의 성좌가 당신의 빠른 선택을 원합니다.]

부활한 뒤 일행에게 받을 지탄도 두려운데, 자칫하면 성좌 사이에서도 공공의 적이 될 판이었다.

[성좌, '가장 어두운 봄의 여왕'이 성좌들의 분란을 중재합니다.]
[성좌, '가장 어두운 봄의 여왕'이 중요한 것은 화신 본인의 선택임을 강조합니다.]

뜻밖에도 페르세포네가 내 편을 들어주었다. 근데 이 아줌마가 왜 나를 돕지?

[일부 성좌가 '가장 어두운 봄의 여왕'의 개입에 불만을 품습니다.]
[몇몇 성좌가 '가장 어두운 봄의 여왕'에게 해결책을 묻습니다.]
(…)
[성좌, '가장 어두운 봄의 여왕'이 화신 '김독자'를 '연회'에 초청할 것을 권합니다.]

……연회?

[성운, <에덴>이 '가장 어두운 봄의 여왕'의 제안에 동의합니다.]

[성운, <베다>가 '가장 어두운 봄의 여왕'의 제안에 동의합니다.]

(…)

[다수의 성좌가 '가장 어두운 봄의 여왕'의 제안에 동의합니다.]

뭔가 내 의사와는 무관하게 내 존재가 염가에 팔려간 느낌
이었다. 어쩐지 허무한 기분을 만끽하는데, 갑자기 도깨비 영
기가 들이닥쳤다.

[허억, 허억. 독자 어르신.]

급하게 온 모양인지 허공에서 땀을 삐질삐질 흘리고 있었다.

[가보셔야 할 곳이 있습니다.]

"……어디?"

[아, 아마도 가시는 쪽이 도움이 될 겁니다. 지금 즉시 준비
하겠습니다!]

어딜 가자는 건지 대충 감이 왔다. 이 정도로 긴장한 것을
보면 성좌들 압력이 상당했던 모양이다. 잠시 후 허공으로 붕
뜨는 듯한 느낌과 함께 몸이 생겨나기 시작했다.

부활은 아니고, 말하자면 영혼체가 형태를 가지는 것에 가
까웠다. 비록 부유령浮游靈의 상태이기는 했지만, 임시로 형상
이 빚어졌다.

[으음. 그게, 중요한 자리니까…….]

영혼체 위에 따스한 질감의 와이셔츠와 정장이 나타나 스르르 감겨들었다. 마치 나를 위해 창조된 듯한 옷감 감촉.

[머나먼 밤하늘에서 오래된 이야기들이 반짝입니다.]
[현재 '별자리의 연회'가 개최 중입니다.]
[성좌, '가장 어두운 봄의 여왕'이 당신을 '별자리의 연회'에 파트너로 초청했습니다.]

〈별자리의 연회〉. 〈배후 선택〉과 함께, '스타 스트림'의 성좌를 위해 마련된 이벤트. 오직 성좌만이 초대받는 연회에, 아직 성좌위에도 오르지 못한 내가 초청된 것이다. 나는 부활까지 남은 시간을 살폈다.

[남은 대기 시간: 23:54:12]

스물세 시간. 잠깐 다녀오는 정도라면 시간은 충분했다. 시기는 좀 이르지만 분명 한 번은 가야 할 자리였다.
"좋아, 가자."
드디어 성좌들을 만나러 갈 때가 온 것이다.

※ ※ ※

[초청자께서 곧 사절을 보내오실 겁니다.]

"알았어."

[서, 성공적인 데뷔를 기원합니다!]

영기는 결의 어린 눈빛으로 주먹을 불끈 쥐더니 이내 눈앞에서 사라졌다. 둘러보니 근처는 온통 새하얀 구름으로 뒤덮여 있었다.

나는 이 길이 '스타 스트림'을 잇는 지류 중 하나인 '구름길'임을 깨달았다.

수많은 도깨비들이 이 길을 타고 차원을 이동하는 것이다.

[당신은 메인 시나리오 지역에서 임시로 이탈했습니다.]

[지구 시간으로 24시간 안에 시나리오에 복귀해야 합니다.]

[제시간 안에 복귀하지 않을 시, 당신은 시나리오 규정에 따라 처분됩니다.]

처분이라니. 지난번 명계에 갈 때도 그랬지만, 가끔 시스템은 표현을 섬뜩하게 한다.

[히든 시나리오 – '별자리의 연회'가 시작됩니다!]

〈히든 시나리오 - 별자리의 연회〉

분류: 히든

난이도: ?

클리어 조건: 연회에 참가해 성공적으로 데뷔를 마치시오.

제한 시간: 24시간

보상: 100,000코인, 일부 성좌의 호의 또는 멸시

실패 시: ―

하여간. '스타 스트림'은 별의별 곳에 히든 시나리오가 숨어 있다. 마음만 독하게 먹으면 생각보다 코인 캘 곳은 많단 말이지.

먼 하늘에서 네 마리의 말이 날아오는 게 보였다. 별을 삼킨 것처럼 새하얀 빛을 내뿜는 준마들이 황금색 날개를 힘껏 퍼덕이며 투레질을 했다. 말 뒤로는 역시 황금빛 외양을 뽐내는 마차가 보였다.

마차 겉면에는 태양 심볼이 조각되어 있었다. 잠깐만. 이거, 설마 '태양 마차'인가? 그럼 마차 안에 있는 존재는…….

[야, 타.]

밑도 끝도 없이 들려온 진언에 화들짝 놀랐다. 마차 안 존재가 별거 아니라는 투로 덧붙였다.

[야야, 괜찮아. 여기부턴 상징계象徵界라서 진언 제약이 약하다고. 겁먹지 말고 빨리 타. 안 잡아먹으니까!]

나는 긴장하며 마차 휘장을 열었다. 정말 이게 태양 마차라

면, 주인은 아마 태양의 신 헬리오스일 텐데. 어……?

"당신은……?"

나는 의아한 눈으로 마차 탑승자를 바라보았다. 정확히 말하면, '탑승자'가 아니었다. 먹음직스러운 적색 포도주가 한가득 담긴 와인 글라스만 내부에 둥둥 떠 있었다.

대체 이게 무슨 상황일까 생각하는데 와인 글라스가 입을 열었다.

[뭐야, 몰라보는 거야?]

[성좌, '술과 황홀경의 신'이 당신에게 섭섭해합니다.]

나는 깜짝 놀라 물었다.

"디오니소스?"

츠츠츠츠츳! 눈부신 스파크가 튀며 와인 글라스가 쾌락의 비명을 질렀다.

[야, 진명 그렇게 함부로 부르는 거 아냐. 짜릿해서 기분은 좋다만.]

"왜 그런 모습이십니까?"

[개연성 때문이지 뭐. 코스트 아끼려면 이런 심볼 형태가 좋거든. 너도 알다시피 위대한 '스타 스트림'께선 꽤나 엄격해서 말이야.]

사실 내 입장에서도 진체가 아닌 편이 낫다. 아무리 [제4의 벽]이 있다 해도, 성좌의 진체를 보고 정신이 멀쩡할 거라는 확신은 아직 없으니까.

내가 자리에 앉자마자 마차가 출발했다.

왜 티탄 신인 헬리오스의 태양 마차를 디오니소스가 몰고 있는 건지는 모르겠지만, 아무래도 사정이 있는 듯했다.

[실제로 보는 건 처음이지? 반가워, 내가 바로 '술과 황홀경의 신'이야. 너희 나라에서는 피로회복제 이름으로 유명하지.]

"저도 반갑습니다."

우리는 어색하게 인사를 나눈 후 각자 모서리에 앉았다. 장난스럽던 평소 모습과 달리 디오니소스는 별로 말이 없었다.

의외로 낮을 가리는 성격인가? 예상 밖이었다. 하긴 설화가 다 맞는 것도 아닐 테니까. 그보다 마차가 덜컹거릴 때마다 흔들리는 글라스 속 포도주가 몹시 신경 쓰인다. 갑자기 이쪽으로 쏟아지지는 않겠지? 저 액체도 뭔가의 심볼일 텐데, 디오니소스의 뭘 상징하는 걸까.

그렇게 잠시 쓸데없는 생각을 하고 있는데 디오니소스가 말했다.

[아, 미안. 잠깐 아는 여신이랑 채팅 좀 하느라.]

"……많이 바쁘신가 봅니다?"

[그런 건 아닌데 요즘 한창 잘 돼가는 중이라 관리해줘야 돼.]

진담인지 농담인지 모르겠다.

[근데 생각보다 태연하네? 그래도 내가 명색이 성좌인데.]

"성좌를 본 게 처음은 아니라서요."

[아, 그러고 보니 그러네. 지난번에 내가 명계 보내줬지?]

"그땐 감사했습니다."

[감사는 무슨. 그런데 너 그때 명계에서 무슨 짓을 하고 온 거야?]

"예?"

[그 도도한 여왕님이 친절하게 구는 건 처음 봤다고. 무려 성운에 맞서서 화신 하나를 보호하려 하다니. 응? 역시 그거냐? 너 그 아줌마한테⋯⋯.]

어쩐지 부럽다는 듯한 목소리. 디오니소스는 내가 페르세포네의 과업을 수행한 것까지는 모르는 듯했다.

"그런 거 아닙니다."

[야야, 시치미 떼기는. 그 아줌마 끝내주게 섹시하지? 바깥양반만 없었어도 진즉에 내가 어떻게 한번⋯⋯.]

"그런 식으로 말해도 됩니까? 명계의 여왕은 당신 어머니 아닙니까?"

[음? 하하. 그런 설도 있긴 하지.]

"그 설은 가짜인 겁니까?"

[그런 말은 안 했는데.]

"⋯⋯."

[뭘 그런 눈으로 봐? '올림포스' 몰라? 이 정도 금기는 아무것도 아니라고.]

확실히 〈올림포스〉는 그런 곳이었다. 아랫도리로 생각하는 신들의 천국. 그래도 이건 좀 심하잖아.

[아, 그래. 말 나온 김에 잘됐다. 아까 내 메시지 받았지? 내

쪽에 붙어. 내가 특별히 '바쿠스의 교주' 설화를 하사할⋯⋯
너 표정이 영 별로다?]

"아닙니다."

나는 황급히 고개를 저었다. 디오니소스도 〈올림포스〉 12신
좌의 하나인 만큼 격이 높은 성좌다. 하지만 겨우 '바쿠스의
교주'라⋯⋯.

[아하, 알겠다. 요 녀석 봐라. 너 〈에덴〉이나 〈베다〉 쪽 설화
랑 비교했지?]

"딱히 그런 건 아니지만⋯⋯."

[인마, 네가 뭘 몰라서 그래! '부활한 메시아' 같은 설화 받
으면 어떤 꼴이 되는 줄 알아? 평생을 동정으로 살아야 돼! 그
리고 죽고 나서도, 창세신의 시종으로 살아야 한다고!]

디오니소스는 흥분하며 소리쳤다.

[응? 그에 반해 '바쿠스의 교주'가 얼마나 대단한지 알아?
너 내 여신도들 알지?]

"동성애자를 찢어 죽인 여신도들 말입니까?"

[어⋯⋯ 험. 그, 그래! 걔들이랑 매일매일 광란의 밤을 보낼
수 있다고. 내, 내가 하사하는 포도주도 무한 리필 가능하고 말
야! 어디 그뿐인 줄 알아? '올림포스 난교 파티' 혹시 들어봤
냐? 아프로디테 알지? 네가 원한다면 걔도 초대해서⋯⋯.]

[성좌, '사랑과 미의 여신'이 '술과 황홀경의 신'을 노려봅니다.]

[······걔 얘긴 없던 걸로 하고. 아무튼 어때?]

"별로 안 끌리는데요."

디오니소스의 포도주가 불안하게 출렁였다.

[그러고 보니 〈에덴〉 소속의 어떤 천사가 네가 남색가일지
도 모른다는 얘길 하던데······.]

"누가 퍼뜨린 건진 알 것 같은데, 저 여자 좋아해요. 그보다
슬슬 절 만나러 오신 진짜 목적을 듣고 싶습니다만."

[음? 무슨 소리야? 당연히 널 우리 성운에······.]

"정말 그게 전부입니까?"

디오니소스는 잠시 말이 없었다. 한참이나 찰랑이던 와인
글라스가 허공에서 한 바퀴 뱅그르르 돌았다.

[눈치 빠르네.]

"그런 소리 많이 듣죠."

[한잔할래? 내 포도주 좀 마셔.]

"술을 별로 안 좋아해서."

[뭐······ 그래. 네 말이 맞아. 사실 내 목적은 널 〈올림포스〉에
데려가는 게 아냐.]

역시 그럴 거라고 생각했다.

여신이니 뭐니 잘도 떠들었지만 사실 무엇도 진심은 아니
었을 것이다. 아무리 내게 주목하는 성운이 많다지만 고작 화
신 하나를 픽업하기 위해 〈올림포스〉의 12주신 중 하나가 왔
다는 것부터가 이상했다.

그런데 이어진 디오니소스의 말은 예상을 완전히 깼다.

[단도직입적으로 말하지. 난 네가 〈올림포스〉에 가입하지 않기를 바란다.]

"예?"

[더 정확히 말하면…….]

끔찍한 폭음이 터진 것은 그때였다. 태양 마차가 포격을 맞은 듯 휘청거렸고, 선두의 말들이 비명을 질렀다. 돌아보니 디오니소스의 와인 글라스에서 포도주가 쏟아져 있었다.

[우왁, 놀라서 오줌 쌌잖아!]

뭐가 오줌인지 차마 물어보기 두렵다. 나는 쏟아진 포도주에 닿을까 봐 혼비백산했다.

[젠장, 아무래도 다른 성운이 널 노리는 모양인데.]

휘장 밖을 보니 무지막지한 존재감을 풍기는 것들이 사방에서 이쪽을 향해 날아오고 있었다. 아직 거리가 멀어서 어느 성운 소속인지는 알 수 없지만, 호의적이지 않다는 것은 분명했다.

[젠장. 헬리오스 자식한테 빌려온 거라 망가지면 안 되는데…… 야, 안 되겠다. 여기서 내려줄 테니 나머지는 뛰어가. 구름길 따라 쭉 가면 금방이야.]

여기서? 허공인데?

[내가 막을 테니 빨리 가! 연회장까지만 가면 어떤 성운도 널 못 건드려!]

그 말과 함께 휘장이 활짝 열렸다. 까마득한 구름 바닥을 보며 나는 마른침을 삼켰다. 나는 영혼이다. 그러니까 떨어져도 죽지 않을 것이다.

뒤쪽에서 디오니소스 목소리가 들렸다.

[명심해. 아무도 믿지 마.]

'아무도' 믿지 말라니. '본인도 포함해서'라는 뜻일까. 마차에서 뛰어내리는 순간, 디오니소스가 씩 웃으며 말했다.

[그럼 또 보자, 화신 김독자.]

콰아아아앙! 등 뒤에서 엄청난 폭음이 울려 퍼지며, 서늘한 살기가 전신을 압박해왔다. 지금껏 한 번도 느껴보지 못한 어마어마한 힘. 최소한, 성좌의 진체 일부가 강림한 모양이었다.

쿠르르릉! 스파크가 천둥처럼 내리쳤다. 뒤돌아보지 않아도 알 수 있었다.

분명 성좌와 성좌의 대결이 시작된 것이다. 나는 전력을 다해 구름길을 달렸다. 파편 같은 것이 머리 위를 스쳤고, 바닥이 갈라지고 찢어지는 소리가 연달아 들렸다. 그래도 뒤돌아보지 않았다.

얼마나 달렸을까. 거대한 성채가 보이기 시작하며, 뒤쪽 소음이 잦아들었다. 마침내 나는 성채 입구에 도달했다.

"연회에 참가하러 왔습니다."

문지기가 나를 아래위로 훑어보았다. 관리국에서 파견된 하급 도깨비인 듯했다.

"뭐야? 화신이 혼자 온다는 얘긴 못 들었는데?"

빌어먹을, 태양 마차에서 내린 게 실수였다. 그게 프리패스 통행증이었을 텐데. 그때, 성채 안쪽 문이 열리며 뜻밖의 구원자가 나타났다.

　[그 친구 들여보내줘. 내 일행이니까.]

　페르세포네는 아니었다. 내가 오래도록 보고 싶었던 성좌가 그곳에서 나를 기다리고 있었다.

2

    연회장 입구에 그가 서 있었다. 내 짐작이 맞는다면, 그는 시나리오 초반부터 줄곧 나를 후원해준 몇 안 되는 고위급 성좌였다.

    「새하얀 금빛 털이 감도는 얼굴에 장난 가득한 표정. 가장 지고한 권좌를 농락한 대가로, 세상에서 가장 작은 감옥에 갇힌 죄수. 그의 고귀한 화안금정과 마주하는 순간 누구라도 숨을 삼키지 않을 수 없었다.」

    정말 멸살법의 묘사 그대로였다. 나는 홀린 듯 그쪽을 바라보았다. 멸살법의 설화급 성좌 중 최상위 존재. 나는 문지기를 무시하고 안쪽으로 달려갔다.

"제천대성!"

그러나 짓궂게 웃은 제천대성은 그대로 눈앞에서 사라져버렸다. 마치 연기처럼. 아직 너는 나를 만날 자격이 안 된다는 듯이.

……분신이었나?

허탈한 마음에 뻗었던 손을 내렸지만 상황이 끝난 것은 아니었다. 제천대성의 이름을 외치며 입장한 꼴이라 연회 홀 1층에 있던 성좌들의 이목을 끌고 만 것이다.

[뭐야 저놈은?]

특정 성좌의 별명을 부르며 입장한 화신. 좋게 보일 리가 없었다. 연회장 곳곳에서 시선이 쏟아졌다.

[화신인데?]

[뭐야, 누구 화신이야?]

시선이 모이자 순식간에 공기가 끓어올랐고, 나는 움직이지 못할 정도로 몸이 굳어버렸다. 모여든 시선에 머릿속이 하얗게 변해서 누가 나를 보고 있는지도 알아볼 수 없었다.

이제 성좌들 진언을 들어도 버틸 만하다고 생각했다. 하지만 어디까지나 [제4의 벽] 덕분이었다는 게 확실해졌다.

단지 시선을 받는 것만으로 이렇게 경직되어버리다니.

비로소 실감이 난다.

지금 이 연회장에 성좌 아닌 존재는 나뿐이다.

나는 드디어 성좌들 앞에 선 것이다.

"자자, 진정들 하세요. 잠시 착오가 있어서 이 친구 좀 데려가겠습니다."

익숙한 목소리가 들려오는가 싶더니, 누군가가 **빳빳이** 굳은 내 영혼체를 번쩍 들어 올려 어딘가로 옮기기 시작했다. 웅성거리는 연회장을 빠져나와 회랑에 들어서자 시선의 지옥이 끝나며 간신히 숨통이 트였다.

"너 대체 왜 혼자 온 거냐?"

그 목소리에 고개를 드니, 웬걸 익숙한 형체가 허공에 둥둥 떠 있었다.

"비형?"

"그래, 나야. 명계의 여왕께서 사절을 보낸다고 하셨는데, 같이 온 거 아니야? 왜 혼자 애먼 곳에서 헤매고 있어? 죽고 싶어 안달 났냐?"

"사정이 좀 있었어."

"야, 그런 문제로 넘어갈 일이 아니거든? 여기 시나리오 지역 아냐, 새꺄! 잘못 까불다가는 바로 끝장이라고! 여기는……."

"시선으로 인간을 벌레처럼 죽일 수 있는 녀석들이 있는 곳이지."

안다. 잘 알고 있다. 그래서 여기 온 거니까. 비형은 못마땅한 듯 입술을 비죽이더니 나를 데리고 어딘가로 향했다.

"대기실 데려다줄 테니까 잠깐 거기서 쉬고 있어. 대기실에 모니터 있으니까 잘 보고 있으라고. 꼭 봐야 한다. 알았지?"

어쩐지 으스대는 꼴을 보아하니 이 녀석한테 뭔가 좋은 일이 있는 모양인데. 얼마 지나지 않아 우리는 대기실에 도착했다.

그런데 대기실의 팻말이, 뭐랄까 참 묘했다.

"화신 대기실? 이런 게 있어?"

"화신이 너만 온 줄 아냐? ……물론 혼자 들이닥친 놈은 너 뿐이지만."

문을 열자 전혀 생각지 못한 인물이 있었다. 녀석이 먼저 반응했다.

"……김독자?"

나 역시 멍한 얼굴로 놈을 보다가 어색하게 손을 들어주었다.

"유중혁."

¤ ¤ ¤

멸살법에서도 〈별자리의 연회〉는 꽤 자주 언급된다.

보통 유중혁이 '회귀'를 이용해 성좌들을 등쳐먹을 때 오는 곳인데, 역시나 유중혁은 초청 목록에 포함되어 있었다. 이번에는 누구한테 초청받았는지 모르겠지만, 이 녀석쯤 되면 성좌들이 인연을 만들려고 줄을 설 테니까.

이번 〈별자리의 연회〉는 여러 나라에서 공동으로 진행하는 행사였다.

서울 돔, 워싱턴 돔, 모스크바 돔, 거기에 뉴델리 돔까지.

관리국에서 근래 성과가 좋은 돔을 모아 한꺼번에 성과 발표회를 개최한 듯했다. 참가국 조합으로 미루어봤을 때, 대략 유중혁의 24회차와 비슷한 분위기인 것 같은데.

대기실에는 국가별로 분류된 테이블이 있고, 소속 화신들끼리 모여 앉아 사담을 나누고 있었다. 서울 돔 소속 화신은 유중혁과 나뿐이었다. 유중혁이 눈을 부라리며 물었다.

"왜 네놈이 여기 있지?"

"너랑 비슷한 이유겠지 뭐."

"언제 다시 살아나는 거지?"

"아마 내일."

"다른 녀석들이 걱정하고 있다."

"미안하게 됐어."

유중혁과 이런 대화를 나누고 있다니, 어쩐지 기분이 싱숭생숭했다. 유중혁은 주먹을 불끈 쥔 채 화를 참는 모습이었다. 하여간 요즘 이 자식 보면 분노 조절 장애가 아닐까 의심된다.

나는 유중혁과 나란히 의자에 앉아 앞쪽의 대형 모니터로 흘러나오는 영상을 지켜보았다. 한창 '중급 도깨비 진급식'이 진행 중이었다.

—제게 다시 이야기의 영광을 돌려주신 성좌 여러분께 감사드리며…….

비형이 하급 도깨비 대표로 인터뷰를 하고 있었다.

저 자식, 이래서 방송을 보라고 했던 거군.

—이 영광의 절반은, 제 채널에서 열심히 활동 중인 한 화신 덕분입니다. 아마 여러분도 아는 그 친구일 겁니다. 그 화신에게 이 기쁨의 절반을 돌리겠습니다!

민망하기 짝이 없는 멘트를 잘도 지껄여댄다.

주변 화신들이 이쪽을 흘끔거리는 것 같아서 애써 시선을 외면했다. 비형은 말을 하던 도중 품속에서 금빛 알을 꺼내 하늘 높이 들어 올렸는데, 나는 그게 무엇인지 바로 알아보았다.

—그리고 나머지 절반은, 새로 태어날 이 아이에게 돌리겠습니다!

신유승의 영혼이 잠들어 있는 알이었다. 다행히 잘 부화할 모양이었다.

"네놈, 설마……?"

그새 [현자의 눈]을 사용했는지, 경악한 유중혁이 나와 알을 번갈아 보았다. 나는 변명하듯 말했다.

"저 방법밖에 없었어."

"무슨 짓을 했는지 알고 있는 거냐?"

"알아."

"저런 짓을 하면 신유승은……!"

유중혁의 걱정이 무엇인지는 안다. 그토록 오랫동안 '이야기'에 고통받아온 존재가, 그 비극을 생산하는 주체가 된다는 것. 그게 얼마나 큰 고통인지 잘 아는 유중혁으로서는 저렇게 말할 수밖에 없을 것이다.

"도깨비로 환생하면 적어도 어처구니없게 죽을 일은 안 생길 거야. '관리국'은 스타 스트림이 멸망하기 전까지는 가장 안전한 곳이니까."

물론 그것이 전부는 아니지만, 이런 곳에서 신유승을 도깨비로 만든 이유를 모두 말할 수도 없었다.

나와 유중혁의 시선이 허공에서 부딪쳤다. 이곳이 현세였다면 당장이라도 칼을 뽑아 나를 베어버릴 듯한 기세였다.

"혹시…… 김독자 씨인가요?"

끼어든 목소리에 그 기세는 씻은 듯 사라졌다.

고개를 돌리자 동서양 혼혈 느낌이 물씬 풍기는 미인이 보였다. 적당한 웨이브가 들어간 카키브라운 머리카락. 은은한 갈색이 감도는 커다란 눈. 건강한 미소가 특히 아름다운 사람이었다.

"그렇습니다. 저를 아십니까?"

"아…… 조금은요. 이야기를 들은 적이 있어서."

어쩐지 반갑다. 이 여자가 먼저 말을 걸어올 줄이야.

"반갑습니다. 셀레나 킴."

"절 아세요?"

"미국 대표 아니십니까? 저도 들은 적이 있습니다."

물론 들은 적은 없다. 하지만 나는 그녀를 안다.

[전용 스킬, '등장인물 일람'을 발동합니다!]

[사용자 편의에 따라 임의로 지정한 항목만 표시됩니다.]

〈등장인물 요약 일람〉

이름: 셀레나 킴

배후성: 전쟁의 종결자

전용 특성: 동물애호가(희귀), 왕의 수호자(영웅)

워싱턴 돔의 셀레나 킴.

그녀는 안나 크로프트가 만든 〈차라투스트라〉의 일원이자, 멸살법 최강의 100인 중 하나가 될 이였다. 한때 내가 가졌던 '불살의 왕'도 본래는 이자가 가지게 될 특성이었다. 안타깝게도, 내가 먼저 특성을 획득했기에 다른 특성을 개방한 듯했다.

"안나 크로프트는 함께 오지 않았습니까?"

"안나도 아시는군요?"

"일전에 꿈을 통해 만난 적이 있습니다."

"같이 오고 싶어했어요. 당신이 오는 줄 알았으면 반드시 왔을 텐데."

물론 왔다면 상황만 더 복잡해졌을 것이다. 왜냐고? 바로 이 녀석 때문이다.

"그 여자한테 목을 잘 간수하라고 전해."

"……안나에게 들은 그대로군요, 유중혁."

안나가 이곳에 오지 않은 이유는 보나 마나 유중혁 때문이다.

유중혁은 지난 회차에서 안나 크로프트에게 배신당했고, 안나는 과거시를 통해 자신이 유중혁에게 한 짓을 보았을 것이다. 그러니 당연히 이곳에 오지 않겠지.

"한국 측엔 엄청 이상하게 생긴 녀석도 있네. 그쪽이 한국 대표야?"

이건 또 뭔가 싶어 돌아보니 러시아 측 대표였다.

"이리스, 무례하군요. 타인을 외모로 평가하는 건 나쁜 버릇 입니다."

"이상한 걸 이상하다고 했을 뿐이야. 솔직함은 모스크바의 미덕이지."

새하얀 금발에 새하얀 피부. 조그만 트윈 테일의 미소녀였 다. 모스크바 어쩌고 하는 걸 보니 누구인지 알 것 같지만 별 로 아는 척을 하고 싶지 않았다. 이 소녀는 멸살법에서 내가 싫어하는 인물 중 하나이기 때문이다. 나는 일부러 반말로 물 었다.

"넌 누구냐?"

"……날 몰라? 이 몸, 이리스 블라지미로브나 레베제바를 모른다고?"

"알아야 되냐?"

보다 못한 셀레나 킴이 끼어들었다.

"독자 씨, 제가 소개할게요. 이분은 이리스. 러시아 측 대표 예요. 러시아에서는 '붉은 광장의 전신'이라 불리고 있어요."

"에헴, 그게 이 몸이라 이거지."

나는 고개를 끄덕였다. 허세 가득한 별명이로군, 하고 한마 디 쏘아붙이고 싶었는데 괜히 트러블을 만들 것 같아서 그만 두었다. 러시아 쪽에는 걸출한 화신이 많은데 이번 회차는 하필 저 녀석인가.

"이리스, 이분은 김독자 씨예요. 한국 측 대표이시고, 별명
은…… 저, 죄송합니다만, 독자 씨는 별명이……."

"그놈은—"

나는 황급히 유중혁의 말을 가로챘다.

"저는 아직 별명이 없습니다."

이리스 입가에 비웃음이 걸렸다.

"이명異名도 없는 녀석이 여길 오셨다?"

있다. 있기는 있는데 말하기 싫을 뿐이다.

"무슨 자격으로 불려왔는지는 모르겠지만, 적당히 나대는
게 좋을 거야."

러시아 측에서 흉흉한 기세를 드러내자, 곁에 있던 유중혁
이 벌떡 일어서서 마주 기세를 뿜어냈다. 막대한 유중혁의 기
세를 느꼈는지 이리스가 반걸음을 물러섰다.

"당신은 끼어들지 마. 이건 나랑 저 못생긴 놈의 문제야."

이리스의 경고에도 불구하고 유중혁은 말없이 그녀를 노려
볼 뿐이었다.

잘한다. 기왕이면 꿀밤도 한 대 먹여줘라, 유중혁. 결국 입
술을 질끈 깨문 이리스가 한 걸음 물러나며 쏘아붙였다.

"뭐, 어디 하찮은 위인급 성좌에게 설화라도 적선받으러 온
모양인데…… 어디 두고 보자고."

그러고 보니 〈별자리의 연회〉 식순 중에는 '설화 계승'에 관
한 것도 있었다. 이리스는 그걸 얘기하는 모양이었다.

때마침 대기실 문이 열리고 하급 도깨비가 얼굴을 내밀었다.

"화신 여러분. 곧 '설화 계승식'이 있을 예정이니 이동해주시기 바랍니다. 임시로 1층 연회 홀에 자리를 마련해두었습니다. 참고로 1층에는 위인급 성좌님만 계시니, 참고해주시기 바랍니다."

설화 계승식.

성좌가 〈배후 계약〉을 맺어야만 화신과 영향을 주고받을 수 있는 것은 아니다. 배후성이 아니더라도, 다른 성좌의 설화를 계승하고 이야기에 대한 예를 표함으로써 화신은 힘을 키울 수 있다. 물론 자신의 설화를 널리 알림으로써 성좌 또한 세력을 넓힐 수 있으니 화신과 성좌 양쪽에게 좋은 일이었다.

우리는 한 명씩 차례차례 연회 홀로 걸어갔다. 가장 먼저 연호된 이름은 셀레나 킴이었다.

[셀레나 킴! 왕의 수호자!]

[네 활약은 잘 보고 있다고!]

아까와 달리 성좌들 반응은 호의적이었다. 아무래도 자기가 좋아하는 화신들을 맞이했기 때문이겠지. 좋아하는 연예인이라도 만난 듯 들뜬 모습들. 다음은 이리스였다.

성좌들을 향해 오만 도도한 자세로 걸어간 그녀는, 팬 서비스라도 하듯 가볍게 손을 흔들어주었다.

[이리스! 붉은 광장의 꼬맹이!]

[하하하! 귀엽군.]

[화면에서 보던 그대로잖아?]

그녀는 뒤쪽에 서 있는 나를 거만한 눈빛으로 흘겨보았다.
대충 이렇게 말하는 것 같다.

「봤냐?」

이윽고 내 차례가 되었다. 연회 홀로 걸어가자, 아까 같은
시선의 압력이 다시 한번 쏟아졌다. 그래도 겪어봤기 때문인
지 혹은 시선의 느낌이 다르기 때문인지 이번에는 꽤 버틸 만
했다.

그런데 성좌들 반응이 이상했다.

방금까지 뜨겁던 분위기가 찬물이라도 끼었은 듯 조용했다.

혹시 나는 별로 인기가 없나? 그럴 줄 알았다는 듯 비웃는
이리스의 모습이 보였다.

대중 속에서 작은 불씨를 틔우듯 한마디가 흘러나왔다.

[……한반도의 김독자다.]

그게 시작이었다. 바람에 산불이 옮겨 붙듯 목소리가 홀 전
체로 퍼져갔다.

[김독자! 저 녀석이 그 김독자야.]

[김 도게자! 김 도게자!]

[왕이 없는 세계의 왕!]

내가 걸음을 내디딜 때마다 성좌들 목소리는 높아졌다.

[이적에 맞서는 자!]

[이보게, 나 기억하는가? '대머리 의병장'일세!]

[김독자! 내가 '흥무대왕'이다!]

나는 묵묵히 연회 홀 가운데로 걸어 나갔다.

['피스 랜드' 아주 잘 봤다고! 자식, 좀 하던데?]

[야! 이쪽으로 손 좀 흔들어봐! 나 너한테 3,000코인이나 후원했어!]

[다들 이리 와봐! 김독자가 나타났어!]

[근데 듣던 것보다 훨씬 봐줄 만한데?]

체통마저 잊어버리고 날뛰는 성좌들 때문에 연회 홀 전체가 거대한 용광로가 된 것 같았다. 뜨거운 열기에 영혼이 통째로 익어버릴 것 같아서 나는 어쩔 수 없이 그들을 향해 손을 들어주었다.

그러자 환호성이 폭발했다.

[잘생겼다 김독자!]

경악한 표정을 지으며 이리스가 이쪽을 보고 있었다. 그러나 나는 그녀를 보지 않았다. 여기 놀러 온 게 아니니까. 천장을 비롯한 벽 곳곳에서 시나리오 영상이 흘러나오고 있었다.

비명 속에 죽어가는 화신들, 그걸 보며 낄낄대는 성좌들. 그 모습을 보며 나는 여기가 어떤 곳인지 다시 한번 깨달았다.

인간의 모든 비극이 만찬이 되는 곳.

연회 홀 2층을 올려다보았다. 시끌벅적한 1층의 위인급 성좌들과 달리 불길한 침묵으로 이쪽을 내려다보는 성좌들이

있었다. 하나하나가 무시무시한 존재감으로 빛나는 설화급 성
좌들.

그들이 바로, 내가 싸워야 할 진짜 적들이었다.

3

다음 차례인 유중혁도 만만치 않은 인기를 누렸다. 심지어 녀석이 나왔을 때는 약간이지만 2층에서도 소리가 들렸다. 〈에덴〉 쪽에서 내 이름을 함께 연호한 듯한 느낌이 들었는데, 기분 탓인지 어떤지 모르겠다.

[유중혁어어억—!]

[최고다 패왕!]

[우리 성운에 들어오라고!]

설화 계승식까지는 약간 시간이 남아서, 나는 1층 연회석에 앉아 잠시 사태를 지켜보았다. 위인급이든 설화급이든 성좌는 모두 경계 대상이지만, 여기서는 판단을 잘해야 했다.

딱히 믿을 만한 대상을 찾는 것은 아니었다. 디오니소스가 "아무도 믿지 말라"라는 말을 한 이유가 있을 테니까.

그러니 내가 지금 찾는 쪽은 '믿을 대상'이 아니라 '이용할 대상'이었다.

"저기……."

쭈뼛거리던 이리스가 근처로 다가와 말을 걸었다. 무슨 이야기를 하려는지 대강 예상이 간다. 나는 그녀가 입을 열기 전에 먼저 경고했다.

"살아남고 싶으면 경솔하게 굴지 마."

"뭐?"

순간 멍해진 이리스가 화들짝 놀라며 허공을 올려다보았다.

[소수의 성좌가 당신의 판단력에 놀랍니다.]
[상당수의 성좌가 당신의 '사이다'에 5,000코인을 후원했습니다.]

천장 가장자리 스크린에 이리스의 얼굴이 큼지막하게 클로즈업되어 있었다. 얼굴이 빨개진 그녀를 보며 성좌들이 킬킬웃었다. 이리스가 망연자실해 중얼거렸다.

"그, 그게 다 찍히고 있었다고?"

성좌들 세계에 왔다고 채널이 꺼졌을 거라 생각하다니 순진하다. 오히려 우리가 이곳에 온 순간부터 성좌들은 더욱 눈에 불을 켜고 우리 반응을 지켜보고 있었을 것이다.

2층의 저 음침한 녀석들은 특히. 이리스와 내가 대기실에서 한판 붙기까지 했으면 반응은 거의 최고조였겠지. 하지만 그런 즐거움을 주고 싶지는 않았다. 말했다시피 나는 놀러 온 게 아니다. 적어도 이곳에서는 우습게 보이고 싶지 않았다.

이리스 어깨를 툭툭 두들겨준 후 자리에서 일어났다. 내가 움직이자 1층 성좌들이 대거 반응해왔다.

[김독자! 이리 오게!]

1층 성좌는 모두 인간형이나 생물형이 아닌, '심볼' 형태를 하고 있었다. 홀로 큰 개연성을 감내하기 힘든 위인급은 간소화된 상징체를 유지해야 소모되는 코스트를 줄일 수 있기 때문이다.

그러다 보니 얼핏 봐서는 누가 누구인지 알아볼 수 없었다. 먼저 다가온 것은 짤랑거리는 '죽장', 신라를 연상시키는 치렁치렁한 '금빛 왕관'.

"'대머리 의병장' 님. 그리고 다른 분은…… '매금지존'이십니까?"

[오오! 날 기억해주는군!]

[그렇다. 오랜만이구나.]

한반도의 성좌들이었다.

[꼭 한번 보고 싶었는데 이렇게 만나는군.]

둥둥 떠 있는 저 '안대'는 '외눈 미륵'인 것 같고…….

그 외에도 '황산벌의 마지막 영웅'이나 '흥무대왕'이 아닐까 싶은 상징체도 있었다. 안 그래도 계백한테는 물어볼 게 있었는데…….

[후인 김독자.]

뒤돌아보니 100원짜리 동전이 두둥실 떠 있었다.

100원? 웬 100원?

[만나서 무척 반갑네.]

"저, 누구신지……?"

[섭섭하군. 날 못 알아보겠나?]

잠깐만. 100원짜리 동전에 나오는 위인이라면…….

"장군님?"

나는 화들짝 놀라 물었다. 내가 아무리 애국심이 제로에 가깝다곤 해도, 이분을 직접 보고서도 마음이 동하지 않을 수는 없었다.

동전이 허공에서 회전하며 앞면에 새겨진 인물이 드러났다.

[지난번에 준 성흔은 잘 쓰고 있는 것 같더군.]

"그때는 감사했습니다."

충무공 이순신. [칼의 노래]를 전승해준 그 역시 연회에 초대된 것이다.

"그런데 왜 그런 모습을 하고 계십니까?"

[……이것은 내 의지가 아닐세.]

어쩐지 무슨 뜻인지 알 것 같았다. 화폐가 상징체인 성좌는 충무공 하나만이 아니었기 때문이다. 나는 1층 한쪽 벽면을 덮은 채 흐늘거리는 초록색 종이를 바라보며 물었다.

"그럼 혹시 저분도……?"

이순신이 고개를 끄덕였다.

['한글의 창시자'일세. 나와 같이 광화문에 동상도 있는 분인데, 모르는가?]

알고 있다. 몰라서 물어본 건 아니니까. 충무공이 계속해서 말했다.

[상징체는 가장 많이 알려진 심볼을 따라 만들어지지. 아마 저분도 나와 비슷한 경우일 걸세.]

나는 슬픈 눈으로 이쪽을 보는 '한글의 창시자'를 향해 작게 읍을 했다. 세종대왕은 그렇다 쳐도, 당연히 거북선이 상징이어야 할 이순신 장군이 100원짜리라니. 위인을 100원짜리나 1만 원짜리 화폐에 가둬놓으니 상징체도 이 모양이 된 것이다.

2층에서 킥킥거리는 소리가 들렸다. 그러고 보니 2층의 설화급 성좌는 모두가 '인간형'이거나 적어도 생명체의 외양을 하고 있었다. 한반도에서 가장 유명한 위인조차 인간형을 유지할 수 없는데 대체 설화급의 저력은 얼마나 강한 것인지 짐작도 되지 않는다.

이렇게 보면 야마타노오로치의 그림자를 사냥한 일은 정말로 운이 좋았다.

"저 성좌는 누굽니까?"

[누구? 아, 저자 말인가?]

내가 발견한 이는 1층과 2층의 계단참에 앉아 술을 들이켜는 사내였다. 패검을 한 사내는 인간형 상징체를 유지하고 있었는데, 아무리 봐도 설화급 같지는 않았다. 왜냐하면 지나가는 설화급 성좌가 모두 그를 경멸 어린 눈으로 보았기 때문이다. 사명대사가 참견했다.

[한반도의 위인급 중에는 저치를 넘을 존재가 없지.]

"위인급이라고요?"

[최강의 '위인급'이라 말해도 좋을 걸세. 후대의 유명세가 아니라 오롯이 본인이 쌓은 설화로 저 위치에 오른 자야.]

이런 자리에서 인간형 상징체를 유지할 정도의 여유라면 설화급에 전혀 꿀리지 않는 존재라는 이야기였다. 내가 알기로 위인급 중에 저 정도 격을 갖춘 존재는 중국의 초패왕 정도인데…….

['고려제일검'이라고 들어봤나? 최근 전승이 다시 활발하게 이루어지고 있다 들었네만.]

고려제일검.

"설마…….."

나는 그가 누구인지 깨달았다. 왜 한 번에 못 알아보았는지 오히려 의아할 지경이다. 한반도 제일의 위인급이라면, 애초에 그를 먼저 떠올렸어야 했는데.

[모두 비켜라!]

그때, 계단참 아래에서 소란이 일어났다. 2층에서 내려온 몇몇 성좌가 실랑이를 벌이며 이쪽으로 다가오고 있었다. 그러나 누구도 그들에 대적하지는 못했다. 충무공이 탄식했다.

[자네 인기가 대단하긴 한 모양이군. 설마 2층에서도 데려가려 할 줄이야.]

이미 유중혁도 누군가의 인도를 받아 2층으로 올라가는 중이었다. 반면 아직 1층에 남아 있는 이리스는 부러운 눈으로 이쪽을 볼 뿐이었다.

[부디 몸조심하시게.]

고개를 끄덕이자마자 심볼을 헤치고 설화급 성좌가 나타났다. 사신 형태의 상징체 셋. 누구인지 바로 알아볼 수 있었다.

[여왕님께서 찾으신다.]

명계 심판관들이었다. 그러고 보니 이자들도 설화급이었지. 비록 페르세포네의 설화를 빌려와 격을 유지하기는 하지만……

함께 2층으로 올라가려는데 계단참 어귀에서 누군가가 툭 말을 내뱉었다.

[너도 한심한 놈이었군. 2층 녀석들에게 굽신거리다니.]

고려제일검의 말을 듣고 심판관들이 동시에 성난 기세를 발출했다.

[고려제일검, 그게 무슨 뜻이지?]

[죽고 싶은가?]

고려제일검이 피식 웃더니 자리에서 일어났다.

[죽을 준비라면 언제든 되어 있지. 싸워볼 테냐?]

고려제일검의 상징체는 생각보다 거대했다. 아니, 어쩌면 이 느낌은 상징체의 크기에서 비롯되는 게 아니리라.

이것은 성좌가 가진 '격'의 크기다.

[설화급이라고 기고만장하지 마라. 설화 꼬리에 간신히 붙어 기생하는 버러지들 주제에.]

무시무시하게 일어나는 기운에, 일순 1층과 2층 성좌들의 이목이 한꺼번에 쏠렸다. 심판관들은 당황하는 듯했지만, 그래도 설화급이라는 자존심이 있어 쉽게 물러나지 않았다. 고려제일검의 눈동자에 형형한 빛이 떠올랐다. 당장이라도 세 심판관을 저승길로 보낼 듯한 살기.

심지어 그는 심판관 너머, 2층에 귀족처럼 자리 잡은 설화급 성좌들을 노려보았다.

[올림포스. 에덴. 베다…… 네놈들이 무슨 연유로 이런 촌구석까지 모여들었는지는 모르겠지만, 이곳 창세신들이 자리를 비웠다 해서 너무 까불지 않는 편이 좋을 것이다.]

그 말에 2층의 설화급 사이에서도 동요가 일었다. 아무리 고려제일검이 강하다고는 해도, 고작 위인급 성좌 하나의 도발을 참고 넘어갈 이들이 아니었다. 졸지에 연회 홀이 성좌들의 각축전이 되려는 순간.

[그만—!]

연회 홀 전체를 지배하는 강력한 진언에, 달아오르던 분위기가 순식간에 가라앉았다.

[심판관은 불필요한 소요를 벌이지 말라. 그리고 고려제일검, 당신도 너무 무례하게 굴지 않는 게 좋을 것이다.]

냉정한 말투에 심판관들은 다시 나를 데리고 걸음을 옮겼고, 고려제일검도 못마땅한 듯한 표정으로 계단참에 도로 앉더니 술을 마셨다. 나는 목소리의 주인을 바라보았다.

역시 명계의 여왕.

페르세포네의 강함은 아직 충분히 알려지지 않았지만, 아마 이곳에 온 설화급 성좌 중에서도 수위권일 것이다.

[오랜만이군요. 김독자.]

오랜만에 만난 페르세포네는 또 유상아의 모습을 하고 있었다. 하여간 날 놀리는 데 재미를 붙인 모양이었다.

"잘 계셨습니까?"

[타르타로스에서 쓸데없는 짓을 벌이고 갔더군요.]

"하하……."

나는 머쓱한 얼굴로 주변 성좌들을 둘러보았다. 상징체가 인간형으로 바뀌자 오히려 누가 누군지 알아보기가 더 힘들어졌다. 심볼일 때는 해당 성좌의 상징을 떠올리면 충분했는데…… 2층 꼭대기 권좌에서 좌석에 몸을 묻은 채 이쪽을 내려다보는 제천대성이 보였다. 나를 잠시 보더니 흥, 하고 고개를 돌렸다.

원래 저런 성격이었나?

조금 더 시간이 지나자 2층의 배열이 눈에 익으며 대충 진영 구성을 알 것 같았다.

중앙의 페르세포네를 기준으로 동쪽이 〈올림포스〉, 서쪽이 〈베다〉, 그리고 북쪽이 제천대성을 비롯한 비성운 또는 소성운 성좌들…….

마지막, 남쪽의 〈에덴〉은 알아보기 쉬웠다.

죄다 날개가 달려 있으니까. 나를 향해 가볍게 윙크를 하는 엄청나게 아름다운 천사도 있었다. 검은색 레이스 원피스를 입은, 꼭 악마 같은 복장의 천사였는데…… 잠깐만. '악마 같다'라고?

문득 궁금증이 일었다. 저 성좌도 왔다는 것은 어쩌면…….

"명계의 여왕이시여. 하나 여쭤볼 게 있습니다."

[뭔가요?]

"혹시 '은밀한 모략가'라는 성좌도 왔습니까?"

[……은밀한 모략가?]

순간 페르세포네의 표정에 묘한 기색이 엿보였다. 하지만 이내 고개를 저었다.

[잘 모르겠군요. 그보다 곧 설화 계승식이 시작될 텐데 결정은 했나요? 당신의 '부활'을 이용하려는 성좌가 꽤 있어요.]

"아직 고민 중입니다."

내 생각을 읽은 듯 페르세포네가 말했다.

[아마 당신이라면 모두 거절하겠죠. 지금까지 줄곧 그래왔으니까.]

과연 내 채널의 애청자다운 발언이었다.

[하지만 그 선택은 옳지 않아요. 모두 당신에게 저작권 시비를 걸 테니까.]

"설화에 저작권이 어딨습니까?"

[자기 것이라 주장하는 이에게 있겠죠. 아마 꽤 괴로워질 거예요.]

"혹시 올림포스를 택하라는 말씀을 하고 싶으신 겁니까?"

페르세포네가 매끄러운 콧잔등을 매만지며 웃었다.

[그런 뜻은 아니에요. 사실 나는 저치들을 싫어하거든.]

그녀의 말대로, 멸살법에서 페르세포네는 〈올림포스〉와 오히려 적대적인 관계였다. 실제로 연회에 참석한 〈올림포스〉의 3세대 신들은 쭈뼛거리면서 주변을 맴돌 뿐이었다. 심지어 다른 성운의 성좌들도 이쪽을 예의주시하며 다가오기를 꺼리고 있었다.

아마 페르세포네를…… 정확히는 '하데스'를 경계해서겠지.

그러니 나는 본의 아니게 명계의 보호를 받는 셈이었다. 어쩌면 내가 처음으로 만난 설화급이 페르세포네인 것은 행운이었는지도 모른다.

"그럼 여왕님께서는 제가 어떤 선택을 해야 한다고 생각하십니까? 베다? 아니면 에덴? 혹은 그 외 성운?"

[누구를 선택하든, 그대에게는 적이 생길 거예요. 그리고 그 적은 지금까지 상대해온 어떤 적보다 강력하겠죠. 그대도 알겠지만 '부활 설화'는 많은 성운에서 신화의 토대를 이루니까요. 그리고 하나의 설화를 받아들이는 것은, 때론 다른 하나의 설화를 부정하는 결과를 낳기도 하죠.]

페르세포네가 그렇게 말하며 맛있는 스테이크라도 눈앞에 둔 것처럼 입술을 핥았다. 아무래도 이 여왕님은 지금 상황을 즐기는 듯했다.

"그럼 어떻게 하란 말씀이십니까?"

[그건 그대가 생각해야 할 몫이죠. 하지만 잘 생각해보세요. 이게 꼭 누구를 적으로 돌려야만 하는 문제인지.]

적으로 돌려야만 하는 문제가 아니라고?

하지만 충분한 고민의 시간은 주어지지 않았다. 단상 위 도깨비가 외치기 시작했다.

─지금부터 설화 계승식을 거행하겠습니다!

계승식이 시작되자 연단 끄트머리에 작은 방이 여섯 개 만들어졌다. 계승식에 참가한 화신 수와 정확히 같은 개수였다.

─화신들은 즉시 '비밀의 방'으로 이동해주시기 바랍니다!

설화 계승식 순서는 간단했다.

화신은 '방'을 통해 성좌와 비밀스레 접촉하고 조건을 모두 들은 뒤, 연단에 올라 계승할 설화를 발표하면 된다.

내 방문 앞에는 '화신 김독자'라고 명패가 붙어 있었다.

나는 유중혁을 향해 손을 흔들었다.

"이따 보자고."

유중혁은 별 대꾸 없이 방 안으로 사라졌다. 방에 들어가 테이블에 앉자 공간이 일그러지는 듯한 느낌이 들면서 바깥 소리가 완전히 차단되었다.

비밀의 방.

이곳은 '스타 스트림'에서도 완벽하게 비밀이 보장되는 장소로 꼽힌다. 여기서 벌어지는 일은 채널의 도깨비조차 알 수 없다.

[당신은 1시간 동안 '비밀의 방' 주인이 됐습니다.]

['비밀의 방' 관리 권한이 당신에게 주어집니다.]

['비밀의 방' 최대 사용 시간은 1시간입니다.]

[시간 내 가능한 한 많은 성좌와 접선하기 바랍니다.]

나는 기대감에 부푼 채 방문을 바라보았다.

좋아, 첫 번째 손님은 누구려나.

그 순간, 누군가가 방문을 박차고 들어왔다. 노란색 법의와 뒤쪽에 두둥실 떠 있는 성전聖典.

[화신 김독자. '부활의 축일'을 선택해라.]

아무래도 첫 타자는 인도인 모양이다.

✿ ✿ ✿

[성좌, '인류의 시조'가 당신을 노려봅니다.]

〈베다〉에서 보낸 협상가는 '인류의 시조'라는 수식언을 가진 성좌 '마누Manu'였다. 마누의 설화라면 아는 바가 있었다. 물론 내가 인도 설화까지 알 턱이 없으니, 모두 멸살법 덕이다.

「인도의 서사시에 따르면 '마누'는 대홍수의 생존자였다. 그는 물고기 한 마리의 생명을 구해준 대가로, 물고기가 준비한 배를 타고 히말라야 꼭대기로 대피함으로써 대홍수를 피할 수 있었는데…….」

설화를 떠올려보니 왜 마누가 협상가로 왔는지 알 것 같았다. 마누는 〈에덴〉 소속 성좌인 '방주의 주인'과 설화 저작권을 놓고 자주 다투는 사이였다. 즉 〈베다〉 소속 성좌 중 저작권 분쟁에 관해서는 전문가라 할 수 있는 존재였다.

"12월 25일의 주인께서는 직접 오지 않으셨습니까?"

[그분이 그렇게 한가하신 줄 아느냐? 쓸데없는 소리 말고 너는 그저 대답만 하면 된다. '부활의 축일'을 받아들일 것이냐 말 것이냐?]

이런 태도로 나오시겠다? 게다가 설화 당사자인 미트라는 안 왔다 이거지.

[너도 귀가 있다면 알겠지만 베다는 스타 스트림의 대형 성운 중 하나다. 무수한 신화가 베다에서 최초로 탄생했고, 많은 성운이 우리 신화를 표절하고 있지. 특히 에덴 녀석들은……]

"사적인 이야기는 됐습니다. 그보다 '부활의 축일' 설화를 받아들이면, 베다는 제게 무엇을 줄 수 있습니까?"

[태양신의 가호가 너와 함께할 것이다.]

"태양신의 가호가 뭡니까?"

[그런 것까지 일일이 설명해줘야 하느냐? 하찮은 필멸자에게……!]

"궁금한 게 하나 있습니다."

[무엇이냐?]

"그 하찮은 필멸자 타령, 이제 고루한 클리셰라 생각하시지 않습니까? 색다른 이야기를 좋아하시는 성좌님들께서 대체 언제까지 그런 진부한 대사로 인간을 멸시하실 겁니까?"

눈을 크게 뜬 마누가 나를 노려보았다.

[네놈, 감히 무슨 생각으로 그런 망발을……!]

"물론 이런 생각입니다."

[당신은 '비밀의 방' 관리 권한을 사용했습니다.]

[성좌, '인류의 시조'를 방에서 추방합니다!]

당황하며 뭐라 뭐라 외쳐대던 자칭 인류의 시조는 내 명령
어에 새하얀 빛을 남기며 사라졌다. 그러게 기회가 있을 때 잘
했어야지.

제아무리 상대가 설화급이라 해도, 기세에 짓눌린 채 빌빌
기어줄 생각은 없었다. 설화 계승을 끝낸 후라면 모를까, 어쨌
든 지금은 이쪽이 '갑'이기 때문이다.

"다음."

내 말이 떨어지기 무섭게 누군가 방문을 열고 나타났다. 낡
은 왕관을 쓰고 해진 옷을 입은 방랑자의 모습. 누구지?

[화신 김독자, 올림포스에 가입해라.]

이 자식들, 어디서 단체로 '김독자 사용 설명서'라도 읽고
왔나?

[성좌, '자신의 눈을 찌른 자'가 당신을 향해 웃습니다.]

……자신의 눈을 찌른 자?

[나를 아는 모양이군.]

"한국에선 대학생이 되면 당신 이야기를 귀에 딱지가 앉도
록 듣거든요."

[그런가? 의외로군. 동방의 작은 나라에서…….]

'자신의 눈을 찌른 자'. 그는 대학교 교양 수업에서 지겹도록 가르치는 '오이디푸스 왕'이었다. 오랜만에 소포클레스에 대한 증오가 샘솟는다.

"그나저나 그쪽 제안이라면 이미 '술과 황홀경의 신'에게 들었습니다. '바쿠스의 교주'가 되라는 말씀을 하러 오셨죠?"

[바쿠스? 벌써 그자가 접근했던 모양이군.]

뭔가 느낌이 싸했다. 연회에 참석한 페르세포네는 〈올림포스〉와 척을 지고 있고, 디오니소스는 '아무도 믿지 말라'라고 했지. 그리고 둘 다 〈올림포스〉에 가입하라는 말은 하지 않았다.

그런데 오이디푸스 왕은 처음부터 그 말로 포문을 열었다.

[나는 바쿠스의 제안을 하러 온 것이 아니다. 하물며 '부활 설화' 저작권을 행사하기 위해 온 것도 아니지.]

즉 앞의 두 성좌와는 완전히 다른 제안을 하러 찾아왔다는 의미가 된다.

어쩌면 이쪽이 '진짜' 올림포스 대표일지도 모르겠는데?

[우리 올림포스가 너에게 제시할 설화는 '번개의 사육제'다.]

"예?"

나는 깜짝 놀랐다. '번개의 사육제'는 3주신 제우스의 설화이기 때문이다.

내 표정을 본 오이디푸스가 묘한 미소를 지었다.

[역시 이 설화를 아는 모양이군. 그래, 네 생각이 맞다. 다른 '성운'의 부활 설화와는 격 자체가 다르다.]

"왜 제게 이런 제안을 하시는 겁니까?"

[나와 운명의 3여신이 네 운명의 편린을 보았기 때문이다.]

……내 운명?

[조만간 너에게는 '번개의 사육제'를 계승할 자격이 생길 것이다. 물론 내 설화를 계승하여 '눈먼 예언자'를 받아갈 수도 있겠지만…… 이미 예언자란 소문이 있는 그대가 내 설화를 계승하지는 않겠지.]

"잠깐만요. 무슨 말씀입니까? 왜 제가 그런 운명을…….."

[결정은 네 몫이다. 하지만 너는 반드시 올림포스를 필요로 하게 될 것이다. 다시 만날 때까지 잘 생각해라.]

오이디푸스는 그 말을 마지막으로 방에서 사라져버렸다.

마음이 조금 심란해졌다.

오이디푸스가 말한 '운명'이 대체 뭔지는 모르겠지만, 운명의 3여신이 개입했다면 조만간 내게는 그들이 본 미래와 비슷한 일이 일어날 것이다.

그런데 하필 올림포스 계통 설화를 계승하기에 적합한 사건이라니 찝찝하지 않을 수가 없다. 그쪽 동네 설화는 죄다…….

[안녕?]

뭔가 불쑥 고개를 내미는가 싶더니 어느새 방문 안으로 누군가가 들어와 있었다. 산뜻하고 달콤한 향기. 아름다운 천사의 얼굴이 코앞에 있었다. 소악마小惡魔를 연상시키는, 소녀를 닮은 천사.

아무래도 이번 차례는 〈에덴〉인 모양이다.

"……'방주의 주인'이 올 줄 알았는데 당신이 직접 왔군요."

[내가 와서 섭섭해?]

급격하게 시무룩해지는 목소리를 들으니 갑자기 가슴이 쿵 내려앉는다.

우리엘이 이렇게 귀여웠다니.

"아뇨, 반갑습니다."

[보고 싶었어! 김독자!]

우리엘은 기습적으로 나를 꽉 끌어안았다. 품이 맞닿았다. 얇은 실크의 따뜻한 감촉이 느껴졌다. 등이 트인 옷이어서 졸지에 내 양손은 갈 곳을 잃고 말았다. 아끼는 인형이라도 안은 양 품에 얼굴을 비벼대는 우리엘을 향해 나는 한숨 쉬듯 대답했다.

"저도…… 보고 싶었습니다."

[응응!]

조금 난처한 상황이기는 했지만 나도 그녀를 만난 감회는 컸다. 우리엘은 시나리오가 시작된 그 순간부터 줄곧 나와 함께해준 성좌니까.

"'메시아의 길'을 선택하라고 오신 거죠?"

[아, 맞아! 그것 때문에 왔어!]

화들짝 놀란 우리엘이 내 품에서 고개를 들었다. 전혀 기억하고 있던 얼굴이 아닌데. 나를 만나서 어지간히 기뻤던 모양이다.

[네가 너무 잘생겨서 그랬나 봐.]

"설득력이 넘치는 말씀이시네요."

우리엘이 생긋 웃으며 말했다.

[김독자, 우리 에덴의 설화를 받아줄 거지?]

"그건…… 조금 생각을 해봐야 할 것 같습니다."

[왜? 우리 설화는 최고라고! 다른 곳이랑 비교할 바가 아냐!]

확실히 맞는 말이다. '메시아의 길'은 부활 설화 계통에서는 최고의 격을 가진 설화니까. 하지만 문제가 있다.

"그 설화를 택하면 소중한 걸 잃잖아요."

[어? 앗. 그, 그러네. 우리 설화를 선택하면 고자가 될 테니까…… 그건 안 되는데.]

설득될 거라고는 기대도 안 했는데, 뜻밖에 우리엘은 자기 일인 것처럼 크게 동요했다. 내가 고자가 되는 게 우리엘에게 그렇게 큰 문제인가? 왜?

[어, 어떡하지? 메타트론이 김독자 못 데려오면 한 달 동안 인터넷 못 하게 한댔는데…… 하지만 데려가면 김독자가 고자가 되고…… 그렇게 되면…… 아, 잠깐만. 고자가 되어도 포지션을 조금 바꿔주면……?]

뭔 포지션?

[좋아! 김독자! 고자 문제는 너무 걱정하지 마. 내가 어떻게 해서든……!]

우리엘은 혼자서 뭔가 대단한 결심이라도 한 듯한 눈빛이었다.

나는 단호히 고개를 저었다.

"고자는 싫습니다."

[응! 그러니까 고자가 되어도 괜찮도록……!]

"다음."

¤ ¤ ¤

그 후에도 여러 성운이 나를 찾았다. 〈탐라〉라든가 〈귀옥〉 같은 곳도 있었고, 무소속 성좌나 단순히 나를 보러 온 위인급 성좌도 있었다.

특히 한반도의 위인급 성좌들은 격려를 남기고 떠났는데, 아무래도 내가 특정 성운과 관계 맺는 것을 달갑게 여기지 않는 듯했다.

[자넨 우리 세계의 희망이야.]

[부디 뜻을 굽히지 말게.]

그 마음이 이해는 갔다. 성좌가 된 직후부터 설화급에 시달리며 살아온 위인급 성좌들은, 마음 가는 대로 행동하는 내 모습이 무척 부러울 것이다.

얼마 지나지 않아 협상 시간이 종료되었다. 화신들은 하나둘 연단으로 올라갔다. 제안받은 설화를 검토하고, 자신이 계승할 설화를 결정할 때가 된 것이다.

―자, 그럼 계승 결과를 발표하겠습니다! 먼저 미국의 셀레나 킴!

연단의 도깨비는 홈쇼핑 판매자처럼 신이 난 분위기였다. 좋기도 하겠지. 이 연회를 통해 관리국은 또 엄청난 양의 코인을 벌어들일 테니까.

　—셀레나 킴은 성좌 '최후의 양심'께서 하사한 '불굴의 이지스' 설화를 계승하기로 하였습니다!

　발표와 함께 환호성이 연단을 덮었다.

　역시 〈올림포스〉를 택했나…… '불굴의 이지스'는 왕의 수호자인 그녀가 택하기에 적합한 설화였다.

　식순이 진행될수록 머릿속은 복잡해졌다.

　누구를 택하면 적이 생기고, 아무도 택하지 않으면 더 많은 적이 생긴다.

　'잘 생각해보세요. 이게 꼭 누구를 적으로 돌려야만 하는 문제인지.'

　페르세포네의 말은 모든 '부활 설화'를 품으라는 의미였을 것이다. 내 목숨은 하나가 아니고, 다음번 부활 때도 설화를 계승시키려는 이들은 있을 테니까.

　그래도 문제는 있다. 〈에덴〉과 〈베다〉는 '첫 번째 부활'을 양보하지 않을 테고, 심지어 내가 설화를 '직접 계승'한다면 분명 종속 제약도 받게 될 것이다. 어쩔 수 없는 일이다. 애초부터 화신과 성좌의 관계는 불공정하니까.

　잠깐만. '공정'이라……?

　마침내 유중혁이 일어나 연단으로 나갔다.

　—다음 설화 계승자는 서울의 패왕…….

유중혁이 움직이자 객석에서 침 삼키는 소리가 들려왔다. 특히나 설화급 성좌들의 눈빛이 묘했다. 반드시 유중혁을 갖고 싶어하는 자들. 그리고 한편으로 두려운 듯한 기색을 보이는 자들⋯⋯.

불현듯 어떤 생각이 떠올랐다. 연단에 선 유중혁이 입을 열었다.

"나는⋯⋯."

디오니소스는 말했다. 누구도 믿지 말라고. 하지만 그건 상대가 '성좌'인 경우였다. 적어도 나는 이 장소에서 단 한 사람 '믿을 수 있는 존재'가 있다.

나는 연단을 향해 뛰어 올라갔다. 그리고 당황한 유중혁의 손목을 낚아채 하늘 높이 들어 올렸다.

"여러분께 할 말이 있습니다."

나는 객석을 돌아보며 말했다. 깜짝 놀란 성좌들. 우리를 보고 거의 졸도 직전인 우리엘의 표정도 보였다. 나는 그런 성좌들의 모습을 천천히 훑어보았다.

계승식이 공정하지 않은 이유는 설화 계승이 일방적인 '후원' 형태이기 때문이다.

성좌와 화신이 결코 대등한 관계가 아니기에 벌어지는 일.

[성좌, '해상전신'이 당신의 발언에 주목합니다!]

설화급이 위인급을 얕보는 것은 그들이 가진 격이 다르기 때문이고, 성운이 성좌를 얕보는 것은 그들이 집단에 소속되어 있기 때문이다.

[성운, <베다>가 당신의 발언에 주목합니다!]

"우리는 당신들의 설화를 계승하지 않기로 했습니다."

객석에 어마어마한 정적이 몰려왔다. 아득한 시선들이 나와 유중혁을 향해 쏟아지며 압력을 행사했다. 유중혁이 부들부들 떨며 나를 노려보았다.

나는 녀석에게 씩 웃어준 뒤 성좌들을 보며 말했다.

"우리는 당신들의 설화를 사겠습니다."

공정하지 않은 게임을 공정하게 만들려면 먼저 상대와 대등해져야 한다.

"나와 유중혁에게 설화를 팔고 싶다면, 우리 '성운'과 거래하십시오."

30
Episode

암흑성

Omniscient Reader's Viewpoint

1

사실 유중혁이 가장 걱정이었다.

이 자리에 있는 누구보다 믿을 만했지만, 동시에 누구보다 예측할 수 없었다. 정신 나간 유중혁이 내 얼굴이라도 갈긴다면, 지금 내 행동은 아무짝에도 쓸모가 없어질 테니까.

다행히도 유중혁은 침착했다. 무지막지한 살기가 전해지기는 했지만 놀랍게도 분노를 잘 통제한 뒤 비밀 메시지까지 보내왔다.

—이게 무슨 짓이냐.

[등장인물 '유중혁'이 '한낮의 밀회'를 발동 중입니다.]

언젠가 구매해둔 아이템이 뒤늦게 떠올랐다. 설마 그때 등록한 '한낮의 밀회' 유효 기간이 아직도 남아 있을 줄은 몰랐다. 나는 일부러 뻔뻔하게 답했다.

―이랬던 게 한두 번도 아닌데 이제 좀 익숙해져야지.

―뭐?

―너한테 나쁜 조건도 아니잖아. 네가 다른 성좌의 '설화'를 계승할 수 없다는 것 정도는 알아.

내 말을 들은 유중혁이 몸을 움찔했다.

―네놈은 대체 뭘 어디까지 아는지 모르겠군.

나와 함께 '성운' 창설을 선언하는 것은 유중혁에게 전혀 나쁜 일이 아니었다. 원작에서도 유중혁은 여기서 어떤 설화도 계승하지 않는다. 유중혁이 지닌 제약 때문이었다.

회귀자의 제약.

녀석은 사망을 통해 시간을 되돌릴 수 있는 대신, 다른 성좌의 설화를 계승할 수 없다.

[화신 유중혁. 화신 김독자의 말이 사실입니까? 둘이서 성운을 만들었다고요?]

사태를 지켜보던 진행자 도깨비가 끼어들었다. 모두 유중혁을 바라보았고, 나도 긴장하며 녀석의 대답을 기다렸다.

"그렇다."

안도의 한숨이 나왔다. 첫 번째 고비는 넘겼다. 하지만 진짜 고비는 지금부터다.

완전한 적막에 뒤덮였던 2층 좌중 사이로 누군가가 웃음을 터뜨렸다. 나긋하면서도 부드러워서 어쩐지 유쾌하기까지 했

다. 나는 그 웃음을 통해 페르세포네의 기분을 고스란히 느낄
수 있었다.

「김독자, 결국 저질렀군요. 내가 이래서 그대를 좋아해.」

당연히 좋아할 줄 알았다. 페르세포네야 이런 이야기에 환
장하는 스타일이니까. 그녀가 웃자 뒤늦게 다른 성좌도 웃기
시작했다. 대부분 2층 성좌들이었다. 안타깝게도 그들의 웃음
은 페르세포네와 같은 의미는 아니었다.

[성운, <베다>가 당신에게 실망합니다.]
[성운, <귀옥>이 당신을 경멸합니다.]

주변 성좌들 반응에 입에 손수건을 물고 있던 우리엘이 인
상을 찌푸린 채 중얼거렸다.
[뭐야? 왜들 그래? 보기 좋은데!]
1층 성좌들은 말없이 이쪽을 올려다볼 뿐이었다. 동경과 걱
정이 뒤섞인 눈빛. '해상전신'도 '대머리 의병장'도 사달이 날
까 긴장한 표정이었다. 다만 '고려제일검'만은 흥미롭다는 듯
보고 있었다.
이윽고 웃음이 잦아들자 더욱 직접적인 경고가 2층에서 날
아들었다.
[아직 성좌위에도 오르지 못한 녀석이 무슨 성운 개설이야?]

[도깨비, 저게 지금 말이 되는 건가?]

[성운이 개나 소나 개설할 수 있는 건 줄 아냐?]

도깨비는 쏟아지는 질문 세례에 당황한 기색이 역력했다.

[그게…… 화신 김독자는 분명 스타 스트림에서 '격'을 인정받기는 했습니다.]

그 말과 함께 천장 스크린에 내가 지금껏 이룬 설화가 투사되었다.

「왕이 없는 세계의 왕.」

가장 먼저 떠오른 것은 내가 사인참사검의 힘을 빌려 절대 왕좌를 부수는 장면이었다. 엄밀히 말해 내 설화는 저곳에서 시작된 셈이었다.

영상 속 부서져나가는 왕좌. 몇몇 성좌는 납득하는 듯 고개를 끄덕였고, 일부 성좌는 경악한 듯 서로 바라보았다.

[이계의 신격이 깃든 왕좌를 부쉈다고!]

[……정말 저걸로 설화를 열었단 말인가?]

참석자 중에 내 정보를 잘 모르는 녀석도 있는 듯했다. 나도 꽤 유명해진 줄 알았는데, 아직 부족했던 모양이군. 문득 근처를 보니 아까 그 러시아 꼬맹이가 멍하니 나를 보고 있었다.

「이적에 맞서는 자.」

두 번째 설화는 재앙으로 강림한 귀환자 명일상을 쓰러뜨리고 얻었다.

[일부 성좌가 당신에게 호감을 표합니다.]

예로부터 귀환자는 성좌들이 싫어하는 존재이기에, 성좌들 호감을 얻기에는 적합한 설화였다. 이윽고 성좌들 표정에 의아한 기색이 떠올랐다.

[저건 또 뭐지?]

세 번째로 스크린에 나타난 것은 중급 도깨비 바울을 폭행하는 장면이었다. 그 광경에는 나도 놀랐다. 신유승의 복수를 한다고 나선 때인 것 같은데…… 설마 저것도 설화로 등록되었다고?

꾸에엑! 중급 도깨비의 비명이 연달아 터지는 바람에 당황한 진행자 도깨비가 영상을 빨리 감기로 넘겨버렸다. 성좌들 원성이 퍼져나갔다.

[이봐, 방금 그거 뭐야!]

[그, 그게. 하하, 잘못된 자료 화면인 것 같습니다.]

그러나 도깨비의 말과 달리 화면에는 버젓한 설화명이 떠올랐다.

「이야기꾼을 능멸한 자.」

계단참에서 껄껄 웃는 소리가 들려왔다. '고려제일검'이 나를 보며 대소하고 있었다.

[미친놈이었군! 하하하하!]

그리고 네 번째 설화명이 떠올랐다.

「재앙의 왕을 사냥한 자.」

피스 랜드에서 성좌 야마타노오로치의 그림자를 사냥하며 얻은 설화. [전인화]를 발동한 내 전격에 스러지는 광경을 보며 성좌들은 입을 딱 벌렸다.

[설화급 성좌의 그림자를…….]

[벌써 전설급 이상 설화를 네 개나 쌓았다고?]

성좌들 사이에 혼란이 번져나갔다. 이윽고 자료 화면이 꺼지고, 도깨비가 말했다.

[아무튼 이런 연유로, 현재 화신 김독자는 성좌위를 눈앞에 둔 상황입니다. 만약 이번 계기를 통해 '다섯 번째 설화'를 손에 넣는다면…….]

내가 성좌를 노린다는 것을 짐작하던 이들은 당황하지 않은 기색이었지만, 모르던 성좌들은 깜짝 놀란 모양이었다.

[열 번째 메인 시나리오도 끝나기 전에 성좌위에 오른다고?]

[저놈이 새로운 성좌라니…….]

졸지에 뜨거운 시선을 받게 되었다.

확실히 이 정도 사건이면 멸살법 전체에서도 가공할 일이었다. 열 번째 시나리오가 끝나기 전에 '스타 스트림'의 인정을 받아 격을 획득한 존재는 극히 일부 성좌나 귀환자뿐이었으니까.

혼란스러운 분위기가 가중되는 가운데 〈베다〉의 협상 대표로 참석한 '인류의 시조' 마누가 입을 열었다.

[화신 김독자의 격은 인정하겠다. 하지만 '성운'과 관련된 문제는 인정할 수 없어. 여기에는 두 가지 문제가 있다.]

성좌들이 마누의 진언에 집중했다.

[하나, 우리는 화신 김독자에게 충분한 지불 능력이 있는지 알 수 없다. 성운을 설립하기 위해서는 최소 자금이 필요하다는 건 알겠지?]

"코인은 충분합니다."

마누가 의심스럽다는 듯 눈을 가늘게 뜨더니 말을 이었다.

[그건 확인해보면 알 수 있을 테고. 다른 문제는 누가 네 성운을 지지해줄 것이냐 하는 점이다.]

나는 몰래 마른침을 삼켰다. 드디어 진짜 난관이 왔다.

[성운을 설립하려면 최소 다섯 성좌에게서 지지를 받아야 한다. 어떤 성좌가 널 지지했느냐?]

"그건……."

내가 쉽게 대답하지 못하자 마누가 피식 웃었다.

[아니, 애초에 성운 '이름'은 있는가?]

나는 유중혁을 흘끔 바라보다가 되는 대로 입을 열었다.

"우리 성운 이름은 김독자 컴퍼니—"

"이름 같은 건 아직 없다. 그리고 지지자는 지금부터 구할 것이다."

뜻밖에도 유중혁이 내 말을 자르고 앞으로 나섰다.

"우리 성운의 지지자가 될 성좌는 없는가?"

유중혁의 말에도 좌중은 반응이 없었다. 마누가 피식 웃었다.

[그럴 줄 알았다. 시간만 낭비했군. 도깨비, 계승식을 계속 진행하……]

누군가가 손을 들었다.

[올림포스의 '명계'는 당신들 성운을 지지하겠어요.]

[여왕!]

분노한 마누가 페르세포네에게 으르렁거렸다. 그러자 페르세포네도 날카로운 기세를 발출했다.

[내 결정입니다. 무엇이 불만이죠?]

[크윽……]

아무리 〈베다〉라고 해도, 마누 정도 성좌가 홀로 명계의 여왕 페르세포네를 거스를 수는 없었다. 결국 그는 다른 성좌들에게 표적을 돌렸다.

[설마 또 있지는 않겠지?]

[지지한다.]

2층 최상석에서 들려온 목소리에 성좌들은 또 한 번 놀랐다.

[기, 긴고아의 죄수?]

[정말로? 진심인가?]

나는 감사의 의미로 그쪽을 향해 고개를 끄덕였다. 제천대성은 귀찮다는 듯 작아진 여의봉으로 귀를 후비며 이쪽을 내려다볼 뿐이었다.

[에라 모르겠다…… 미안해요, 서기관! 나도 지지다!]

급기야 〈에덴〉의 우리엘까지 지지를 선언했다.

[성운 이름도 내가 지어줄 거야! 성운 이름은 금단의……
읍읍!]

주변에 있던 9계급 천사들이 깜짝 놀라 우리엘을 만류했다.

의도야 어쨌건 고마운 일이었다.

이제 나머지 성좌들은 서로 눈치만 보고 있었다. 앞서 지지를 선언한 세 성좌는 다른 성좌의 눈치를 볼 필요가 없을 만큼 강력한 존재들이었다. 하지만 지금부터는 다르다. 겨우 신생 성운의 설립을 돕기 위해 설화급 성좌 마누를 거스르고 싶은 존재는 흔치 않을 것이다.

곁을 보니 유중혁도 반쯤 체념한 기색이었다.

─아무래도 여기까지인 것 같군.

역시 여기서 막히는 건가. 나는 개의치 않았다.

─괜찮아. 목적은 달성했으니까.

─뭐?

─어차피 기대도 안 했어. 중요한 건 시간을 끄는 거야.

애초에 나는 여기서 어떤 설화도 계승할 생각이 없었다.

게다가 내가 멸살법에서 본 대로라면, 이 연회의 마지막은 정해져 있었다. 그때, 이변이 일어났다.

[나 '고려제일검'이 저 성운을 지지하겠다.]

최강의 위인급, 고려제일검이 지지를 선언했다. 그러자 그때까지 꾹 참고 있던 위인급이 우르르 일어섰다.

[그렇다면 나 '해상전신'도……!]

[이 '대머리 의병장'도 가만히 있지는 않겠다!]

1층의 심볼들이 너도나도 지지를 시작하자, 2층의 성좌는 물론이고 도깨비들까지 크게 당황한 기색이었다.

[자, 잠깐만요! 그렇게 마구잡이로 지지를 선언할 수는……!]

그리고 다음 순간.

[성좌, '은밀한 모략가'가 당신의 성운을 지지합니다.]

응? 은밀한 모략가? 대체 어디에?

[당신은 '성운'의 임시 개설권을 획득했습니다!]

……설마?

쿠구구구구! 연회 홀 전체가 굉음에 휩싸이며 공간이 크게 일그러지기 시작했다. 나는 하늘을 올려다보았다. 드디어 이 연회의 끝이 다가왔다.

'놈들'이 온 것이다.

[……이 기운은?]

[모두 물러서라!]

성좌들조차 긴장하는 모습이었다. 곧이어 천장 스크린이 일그러지고, 성채에 균열이 일면서 스파크가 튀어 오르기 시작했다. 먹구름 낀 상공에서 무언가가 소용돌이치고 있었다.

그레이트 홀.

시나리오가 발동할 때만 나타나는 미지의 홀이 갑자기 연회장 상공에 나타났다. 깜짝 놀란 마누가 외쳤다.

[이계의 신격! 감히 이곳이 어디라고 온 것이냐!]

모든 성좌가 으르렁거리며 제각기 기세를 발출했다. 그러자 하늘의 홀에서 끔찍한 목소리가 들려왔다.

【왜…… 우 리 를 초 대 하 지 않 았 지?】

페르세포네와 우리엘이 순간적으로 달려와 유중혁과 내 귀를 막았다. 이계의 신격의 존재감을 차단하기 위해서였다. 그들이 우리 앞을 막아섰기 때문인지 상공에서 풍겨오는 압력이 한층 낮아졌다.

[미안하지만 파티는 끝났어. 그대들은 돌아갈 시간이야.]

[다음에 또 만나!]

페르세포네와 우리엘이 소리치는 것과 동시에, 나와 유중혁의 몸이 투명한 구체로 둘러싸였다. 성좌들의 힘으로 영체를 공간 전이시키기 시작한 것이다. 곧 연회 홀에서 벌어질 끔찍한 전투에서 우리를 구하기 위해서인 듯했다.

그런데 이계의 신격 쪽이 조금 더 빨랐다.

【기 다 려 라……!】

[이계의 신격들이 당신을 바라봅니다!]
[이계의 신격들이 당신을 바라봅니다!]

마지막 순간 우리엘의 비명이 들렸다.
[김독자!]
새카만 암흑이 시야를 덮었다.

※ ※ ※

【그대는 누구지?】
【수레바퀴에 기록되지 않은 자.】
【설마….】
(…)
【■ ■ ■ ■….】
(…)
【드디어 '마지막 이야기'가 시작되려는가…….】

※ ※ ※

"야, 여기 맞아?"
"괜찮은 거야? 그놈들 오면 어떡해? 해상제독이랑 순정강철이 여기 자주 다녀간댔어!"

"여긴 그 '영웅'의 무덤 아니냐?"

캄캄한 밤. 광화문 한가운데 세워진 묘비 위에, 도굴꾼이 몇 명 모여 있었다. 도굴꾼 이동림이 인상을 찌푸렸다.

"한심한 놈들. 영웅은 무슨 영웅이야? 영웅이 이렇게 쉽게 죽냐?"

이동림이 영웅의 존재에 대해 알게 된 것은 얼마 전이었다. 자기 목숨을 희생해 서울을 구한 '최강의 사나이'. 물론 이동림은 그 소문을 믿지 않았다.

"빨리 파! 시간 없다고. 암흑성 들어간 새끼들 나오기 전에!"

사람들은 대부분 아홉 번째 시나리오인 '암흑성'에 참가 중이었다. 그러나 이동림을 비롯한 도굴꾼 일당은 참가하지 않았다. 어차피 메인 시나리오 같은 건 잘난 놈들의 축제일 뿐이니까.

"명색이 영웅의 무덤인데, 분명 좋은 거 한두 개쯤은 묻혀 있겠지?"

"시체도 뒤져봐야지! 주머니 같은 데 넣어서 같이 묻었을지 모르니까!"

"젠장, 더럽게 깊게도 묻었네. 어이, 팍팍 좀 퍼봐!"

도굴꾼들은 순식간에 땅을 파고 들어갔다. 그렇게 두 시간쯤 지났을까.

"다, 닿았다!"

마침내 삽이 관 뚜껑에 도달했다. 이동림은 두근거리는 마

음을 감추며 뚜껑을 열었다. 관 속에는 하얀 코트를 입은 사내
가 잠들어 있었다.

　이동림이 피식 웃었다.

　"영웅? 흥. 잠자는 숲속의 공주님이네."

　"코트 잘 빠졌네. 일단 이것부터 벗기고……."

　턱!

　"우, 우와아아악!"

　"뭐, 뭐야? 와아아악!"

　깜짝 놀란 이동림이 주저앉아 벌벌 떨었다. 조금 전까지 죽
어 있던 영웅이 도굴꾼의 어깨를 붙잡고 있었다.

　그 순간 서울의 모든 존재가 다음과 같은 메시지를 들었다.

　[누군가가 5개의 설화를 획득했습니다.]

　[서울의 밤하늘에 새로운 성좌가 탄생했습니다!]

2

   '암흑성' 1층에 진입한 지도 벌써 닷새째. 이지혜는 다친 이길영을 업은 채 신유승과 함께 성의 복도를 달리고 있었다.

   [5급 악마종, '어둠 추적자'가 당신을 쫓고 있습니다!]

   "뛰어!"
   어둠 추적자가 내뻗는 낫을 피하며 이지혜는 [귀살]을 불태웠다. 허공에 흩뿌려진 청염의 마력이 불타오르는 동안, 이지혜는 꼬마들을 데리고 전력을 다해 달렸다.
   "젠장, 쟤네는 [길들이기] 안 먹혀?"
   "전 괴수종밖에 못 길들여요."
   "망할!"

온갖 쌍욕을 퍼부으며 이지혜는 줄행랑을 쳤다. 따라오는 악마종은 얼추 열 마리가 넘었다. 5급 악마종은 다른 괴수종보다 강하다. 이지혜 실력으로는 한 마리도 버거운데, 심지어 성흔도 제대로 쓸 수 없는 환경이었다.

'들어오는 게 아니었어.'

김독자가 죽은 뒤 일행의 사기는 완전히 박살 났다. 구심점을 잃자 저마다 개별 행동을 시작했다. 설상가상으로 유중혁까지 행방이 묘연해진 와중에 아홉 번째 시나리오 '암흑성'이 등장했다.

처음 시나리오가 시작되었을 때 도깨비는 이렇게 말했다.

[이 시나리오는…… 음. 하하, 아마 여러분은 실패할 거예요.]

그 말을 들은 이지혜의 반응은 남달랐다.

실패할 거라고? 언제나 시나리오는 불가능해 보였고 우리는 늘 그걸 이겨왔다. 그러니 이번에도 잘할 수 있다. 그렇게 생각했다.

'당장 가요. 저 새끼들 다 부숴버리자고요!'

생각했었다. 지금 생각하면 뭐가 그렇게 성급했는지 모르겠다. 죄책감 때문이었는지도 모른다. 괴물을 베고 자신을 극한까지 몰아붙여야만 지울 수 있을 것 같은, 누군가의 죽음에 대한 죄책감.

이지혜만 그런 것은 아니었다.

정희원도, 이현성도, 다른 사람들도 같은 비감을 느끼고 있었다. 그랬기에 감정을 떨쳐내기 위해 시나리오 지역에 성급하게 발을 내디뎠다. 누가 뭐래도 그들은 강한 화신이었다.

그러나 그 결정이 실수였음을, 이지혜는 얼마 지나지 않아 깨달았다.

'말도 안 돼…… 말도 안 된다고.'

암흑성에서 이지혜의 힘은 통하지 않았다.

7레벨을 돌파한 [검도]의 궤적은 좀처럼 먹히지 않았고, [귀살]의 힘은 오히려 악마를 자극할 뿐이었다. 검은 오래전에 부러졌다.

"지혜 언니!"

신유승의 외침에 이지혜는 퍼뜩 정신을 차리며 '어둠 추적자'의 칼날을 피했다. 죽은 화신이 떨어뜨린 병장기를 아무거나 주워 스킬을 남발했다. [검도]를 쓰고, [귀신 걸음걸이]를 쓰고.

"언니! 뒤쪽!"

허공에 쏟아진 어둠 추적자의 암액暗液. 어디선가 날아온 이길영의 작은 곤충들이 이지혜를 대신해 그 액체를 맞았다. 검은 액체에 젖어 허덕이던 곤충들은 기괴한 세포 변형을 일으키더니 그대로 폭발했다. 곤충이 시간을 끌어준 덕분에, 이지혜는 운 좋게 어둠 추적자에게 몇 방을 제대로 먹일 수 있었다.

"으아아아아아!"

까가가가각! 부러진 병장기와 함께 어둠 추적자 하나의 목이 달아났다. 그러나 아직도 아홉 마리가 남아 있었다.

게다가 어둠 추적자는 장난일 뿐. 진짜는 그 너머에서 다가

오는 녀석이었다.

'악마 자작 노소로크'.

　인간의 몸에 거대한 코뿔소 머리를 얹은 듯한 외양.
　그 덩치가 다가올 때마다 이지혜는 온몸의 솜털까지 떨렸
다. 저런 괴물은 처음 봤다. 능력치나 레벨로 따지자면 범람의
재앙만큼 강하지는 않을 것이다. 하지만 범람의 재앙이 자기
힘을 억제하는 스타일이었다면, 저 악마 자작이라는 놈은 그
런 구석이 전혀 없었다.
　게다가 이지혜가 그때보다 강해졌다는 사실이 오히려 독이
되었다. 상대방이 얼마나 강한지 알 수 있게 되어 두려움을 부
추긴 것이다. 이지혜는 칼자루를 끌어당기며 입술을 깨물었다.

[암흑성 1층에 '고대 마력 결계'가 형성됐습니다.]

"언니, 저기로 가요!"
　복도의 끄트머리에 생성된 파란색 방. 이 암흑성에서 유일
하게 쉴 수 있는 공간이었다.
　이지혜와 아이들은 전력을 다해 방으로 달려갔고, 간신히
어둠 추적자의 추격에서 벗어날 수 있었다. 2평도 채 안 되는
작은 공간이지만 세 사람이 간신히 몸을 피할 정도는 되었다.

['고대 마력 결계'에 진입했습니다. 30분간 특수한 결계가 활성화됩니다.]

하루에 세 번만 활성화되는 이 안전 지대가 없었더라면, 세 사람은 진즉에 목숨이 끊어졌을지도 모른다.

푸르스름한 결계에 닿은 추적자들이 신음하며 물러났다. 몇 번인가 결계 내부로 진입을 시도하더니 이내 포기한 듯 몸을 돌렸다. 그러나 한 녀석만큼은 달랐다.

"저 자식은 왜 안 가?"

코뿔소를 닮은 악마. '악마 자작 노소로크'는 이 결계의 원리를 알고 있기라도 한 듯 몇 미터 떨어진 바닥에 자리를 잡고 앉았다.

"우릴 기다리나 봐요."

악마가 긴 혀로 입술을 쓸었다. 맛있는 음식이 익기를 기다리는 미식가처럼, 녀석은 세 사람을 바라보고 있었다. 소름 끼치는 시선에 신유승이 어깨를 떨며 물었다.

"이제 어떡하죠? 더는 불러올 괴수종도 없는데."

"아직 삼십 분 있어. 생각해보자."

마침 성채 가장자리에 형성된 결계라서 이지혜는 창문을 통해 바깥 정경을 살필 수 있었다. 특수한 결계가 생성되어 있어서 창밖으로 나갈 수는 없지만 어쨌든 바깥은 보였다.

그르르르…….

일행들이 열어젖힌 암흑성 입구에서 악마종이 쏟아져나오

고 있었다. 대부분 하급 악마였지만, 평범한 화신에게는 그런 악마종도 벅찼다. 암흑성 악마들은 서울의 화신들을 먹어치웠고 감염시켰다.

그래서 지금 보이는 악마종 중 다수는 본래 알던 사람이었다. 민지원의 화랑. 니르바나의 구원교도. 그녀가 안면을 튼 사람들이, 마인이 되어 사람을 뜯고 거리를 활보하고 있었다. 모두 성급함이 낳은 결과였다. 만약, 만약 조금만 더 신중했더라면.

[말했잖아요? 지금까지와는 난이도의 차원이 다르다고.]

허공에서 들려오는 도깨비 목소리를 들으며, 이지혜는 깨달았다. 지금까지 살아남을 수 있었던 것은 자신이 강해서가 아니었다.

운이 좋았기 때문이었다.

젠장, 젠장, 젠장…… 이제 와 자신의 성급함을 탓해봤자 늦었다. 아무 준비도 없이 들어온 일행들은 암흑성 미로 사이로 뿔뿔이 흩어졌고, 그나마 만난 것이 이 아이들이었다.

다른 일행은 어떻게 되었을까. 모른다. 어쩌면 모두 죽었을지도. 사부라도 있다면. 아니, 사부가 아니라…….

"독자 형이 있었다면……."

뒤쪽에서 들려온 이길영의 목소리에 이지혜가 인상을 찌푸렸다.

"쓸데없는 소리 하지 마, 멍청아. 다쳤으면 잠이나 자."

뒤통수를 얻어맞은 이길영은 다시 잠잠해졌지만, 안타깝게도 입이 하나 더 있었다.

"아저씨가 죽었을 리 없어요. 잘 모르겠지만 그런 느낌이 들어요."

안 그래도 심란해 죽겠는데, 이 녀석들은 왜 자꾸 죽은 사람 얘기를 꺼내는지 모르겠다.

"그 사람 뒈졌어. 그런 못생긴 얼굴은 빨리 잊어버려."

홧김에 쏟아낸 말에 신유승이 뜻밖의 반응을 보였다.

"……전 사실 이해가 안 가요. 다들 아저씨 보고 못생겼다고 하는데, 대체 어디가 못생겼다는 거예요?"

뜬금없이 그런 질문을 받으니 조금 당황스러웠다.

그동안 다 같이 '김독자는 못생겼다'를 구호처럼 밀다 보니 (심지어 가끔 코인을 주는 성좌도 있었다) 김독자의 '못생김'에 딱히 의문을 가진 적이 없었기 때문이다.

"그러니까, 눈이나 코 모양이 흐릿하게…… 전체적인 조화랄까……."

말을 할수록 혼란에 휩싸이는 기분이었다. 따지고 보니 김독자의 어디가 못생겼는지 좀처럼 알 수 없었다.

아니, 심지어는 김독자의 얼굴도 선명하게 떠오르지 않았다. 뿌연 안개로 가려진 것처럼. 혹은 아직 만들어지지 않은 얼굴처럼…… 왜지? 왜 얼굴이 잘 떠오르지 않지?

"아, 아무튼 내 취향은 아냐."

"그런 것치고는 장례식 때 엄청 울던데요."

"당연히 연기지 바보야. 그때 성좌들이 코인 엄청 줬다고."

[몇몇 성좌가 이지혜에게 정말 연기였냐고 묻습니다.]

이지혜가 입술을 깨물었다.

"아직 멀었네요, 언니는. 사람은 얼굴이 다가 아니에요."

"요게 진짜……."

이지혜는 신유승의 정수리를 잠시 노려보다가 이내 한숨을 쉬었다.

"……나도 그 정도는 알아."

들릴 듯 말 듯 작은 목소리였다. 안다고 해서 모두 인정할 수 있는 것은 아니다. 적어도 이지혜는 아직 그런 나이였다.

김독자에게 많은 빚을 졌고, 그로 인해 살아남았다.

알지만 인정하기 싫었다. 어떻게든 버티고 있다가 빚을 갚고 생색내고 싶었다. 사실 나도…… 꽤 도움 되는 사람 아니냐고. 이제 그럴 기회는 영영 사라져버렸다.

['고대 마력 결계'의 지속 시간이 1분 남았습니다.]

퍼뜩 정신을 차렸을 때는 눈앞의 결계가 흔들리고 있었다. 한층 짙어지는 악마종의 미소. 이지혜는 때가 되었음을 깨달았다.

"유승아. 길영이 업을 수 있지? 내가 신호하면 데리고 같이 도망가."

"네?"

"내 말 들어."

살기 위해 친구를 죽인 이에게 누군가를 구하는 일은 어울리지 않는다. 그럼에도 이지혜는 그렇게 살고자 했다. 그것이 사라진 이의 가르침이었기 때문이다.

"빨리! 달아나면서 다른 사람에게 도움을 청해! 나 뒈지기 전에!"

"……알았어요. 조금만 참아요, 언니."

다른 사람 같은 건 없을 것이다.

하지만 그렇게 말해야만 했다. 그래야 아이가 떠날 테니까. 결계가 사라진 순간, 이지혜는 앞으로 돌진했다. 놀란 악마종이 움찔했지만 그뿐이었다. 금세 그녀의 주변을 포위한 악마종들이 전신을 노리고 달려들었다. 찢어진 허벅지와 팔뚝에서 핏줄기가 솟구쳤다.

푸슛, 파가각!

근처에 호수가 있었다면 어땠을까. 아니, 하다못해 며칠 전부터 끊어진 배후성과의 연락이라도 재개된다면.

"……죽고 싶지 않아."

전력을 다한 [검도]의 궤적이 조금씩 흐트러졌다. 악마종의 미소가 번들거렸다. 뒤통수에 심한 충격이 일더니 시야가 한순간 크게 흔들렸다. 이지혜는 자기도 모르게 중얼거렸다.

"나도 살고 싶다고……."

왠지 전에도 비슷한 일이 있었던 것 같다. 그때는 어땠더라.

스아아아…….

앞쪽에서 빛이 쏟아진 것은 그때였다. 어둠 추적자들이 두 쪽으로 쪼개지고 있었다. 메시아 앞 파도가 둘로 갈라지듯이.

이지혜는 홀린 듯 그 정경을 바라보았다. 당황한 악마 자작 노소로크가 고개를 돌린 순간, 노소로크의 머리가 강력한 전류를 튀기며 폭발했다. 황홀한 전류가 빚어낸 빛의 길 위에 한 사내가 있었다.

아, 아…….

이지혜는 차마 말을 잇지 못하고 더듬거렸다. 그는 그녀가 얼굴을 기억할 수 없던 사람. 그 사람의 입이 무언가 말하고 있었다. 분명 말하는 것 같은데 잘 들리질 않는다. 보고 싶다. 듣고 싶다. 그렇게 생각하는 순간.

그의 얼굴을 덮고 있던 안개가 마법처럼 사라졌다.

그가 분노한 악귀처럼 악마를 찢어발기고 있었다. 이지혜는 그가 무엇 때문에 그렇게까지 화를 내는지 알 수 없었다. 다만 확실한 건…….

이번에는 그의 '얼굴'이 확실히 보였다는 것이다.

……저런 얼굴이었던가?

[아직 수식언이 없는 한 성좌가 당신을 바라봅니다.]

그 메시지를 들은 이지혜가 피식 웃으며 앞으로 고꾸라졌다.

$*$

3

"아까 그거 아저씨 얘기지?"

"뭐?"

"그, 서울시에 새로운 성좌 어쩌구⋯⋯."

"아⋯⋯ 뭐. 그렇지."

나는 주변에 늘어진 악마종 시신들을 바라보며 쓴웃음을 지었다. 위기에 처한 아이들을 보고 놀라 달려왔는데, 아무래도 너무 과격하게 저질러버린 것 같다.

악마 자작 노소로크.

코뿔소를 닮은 이 음험한 녀석은, 이번 회차에서 무수한 화신을 장난감처럼 가지고 놀다 찢어 죽인 악마종이었다. 무려 귀족급 악마를 단숨에 제압하다니 내가 얼마나 강해졌는지 새삼 실감이 났다.

이지혜가 허탈하다는 듯 말했다.

"엄청 강한 놈이었는데…… 성좌가 되면 그렇게 세져?"

"내 힘으로 죽인 거 아냐. 다른 설화의 힘을 좀 빌렸어."

"다른 설화?"

[그르…… 너…… 누구…….]

돌아보니 아직 숨이 끊어지지 않은 노소로크가 이쪽을 올려다보고 있었다.

"잠시만."

나는 간단히 발을 내리찍어 노소로크의 머리를 터뜨렸다.

[당신은 마계의 귀족을 처치했습니다!]

[10,000코인을 획득했습니다!]

[아이템 '상급 악마의 증명'을 획득했습니다.]

[마계의 하위 종족들이 당신에게서 두려움을 느낄 것입니다.]

본래 악마종을 죽이면 해당 악마종이 따르는 '마왕'과 척을 지게 되지만, 이번 시나리오에서만큼은 달랐다. 암흑성 시나리오에 등장하는 악마종은 새로운 '주인'을 기다리는 녀석들이기에 죽여도 딱히 분노하는 마왕은 없었다.

[일부 성좌가 당신의 압도적인 무위에 놀랍니다.]

[상당수의 성좌가 당신의 개연성을 의심합니다.]

확실히 개연성을 의심할 법도 하다. 지금 내 강함은 시나리오의 균형에 명백히 위배되는 수준이니까. 하지만 노소로크를 손쉽게 쓰러뜨린 것이 성좌가 된 덕분만은 아니었다.

[설화, '메시아의 길'의 효과가 일부 적용 중입니다.]

'메시아의 길'의 효과인 '절대 신성'. 악마종에게는 특효인 이 설화를 〈에덴〉에서 빌린 상태였다.

[성운, 〈에덴〉이 당신에게 '설화 인용'의 대가를 요구합니다.]

슥슥. 허공에 십자 모양의 성호를 긋자 메시지가 들려왔다.

[성운, 〈에덴〉이 당신의 '설화 인용'에 기뻐합니다.]

'인용'을 반복할 때마다 원하는 행동을 해주려니 귀찮기는 하지만, 설화 표절로 시비 걸리는 것보다는 낫다. 게다가 성호만 그어주면 딱히 다른 대가를 요구하지도 않았다.

성좌가 된 기념으로 〈에덴〉에서 특별히 서비스해주었기 때문이다.

[성좌, '악마 같은 불의 심판자'가 기뻐합니다!]

이게 다 귀여운 우리엘 덕분이다. 다행히 '연회' 일은 잘 해결된 모양이었다.

"아저씨, 그새 종교 생겼어?"

이지혜가 간헐적으로 숨을 몰아쉬며 웃었다. 오른쪽 어깨, 그리고 아랫배에 생긴 관통상과 자상들. 상처를 감추며 이지혜가 고개를 숙였다.

"미안. 명색이 서울 10위인데 내 꼴이 너무 형편없지?"

"지금이 너한텐 제일 힘들 시기야. 앞으로 좋아질 거니까 걱정 마. 자, 지금부터 뼈 맞출 테니까 가만히 있어."

"응? 으아아아아악!"

아무래도 '엘라인 숲의 정기'를 써야 할 것 같은데 코트 속에 남은 아이템이 하나도 없었다.

그러고 보니 한수영에게 죄다 맡겨놓고 죽었지.

여덟 번째 시나리오에서 죽기 직전, 나는 한수영과 계약을 맺은 뒤 가지고 있던 아이템을 죄다 맡겼다.

그럼 방법은 하나뿐인가.

"도깨비 보따리."

입을 열자마자 눈앞에 도깨비 보따리 화면이 나타났다.

[일부 성좌가 당신의 자연스러운 특권 사용에 의문을 표합니다.]

지금까지는 도깨비 보따리를 쓸 때마다 비형이 광고로 가려왔기 때문에, 대부분의 성좌들은 내가 그런 혜택을 누렸다는 걸 알지 못했다. 하지만 이제 성좌도 되었겠다, 눈치 따위 볼 필요가 없다.

　나는 곧바로 '엘라인 숲의 정기'를 구입해서 이지혜에게 먹였다.

　"우읍!"

　"먹고 한숨 자라."

　"고마워, 아저씨."

　"뭘. 내 장례식에서 질질 짜줘서 고맙다."

　"……나 지금부터 기절할 거니까 말 걸지 마."

　이지혜는 그대로 곯아떨어졌다. 잠든 이지혜를 업고 몸을 일으키는데 뒤에서 익숙한 목소리가 들려왔다.

　"아저씨……?"

　뭉클하게 번지는 감각. 돌아보지 않아도 목소리 주인을 알 수 있었다.

　[당신의 화신이 당신을 바라봅니다.]

　이 느낌이 없었더라면 곧장 이곳으로 달려오지 못했을 것이다. 울음을 참은 채 이쪽을 보는 신유승을 마주 보자 나 역시 마음이 아려왔다. 아마 부모의 마음이 이럴 것이라 생각했다.

　"아저씨!"

품속으로 폭 안기는 신유승을 가볍게 도닥였다.

"미안, 내가 너무 늦었지?"

"일주일이나 늦었다고요……!"

일주일. 빌어먹게도, 나는 예정보다 늦게 부활하고 말았다.

"가자. 맡긴 물건부터 찾아야 하니까."

※ ※ ※

"일주일이나 지났는데 왜 아직도 안 오는 거야?"

한수영은 암흑성 바닥에 드러누운 채 천장을 보다가 문득 혼잣말을 중얼거렸다.

악마가 들끓는 암흑성의 미로에서 혼잣말은 미친 짓이었지만, 다행히 목소리를 듣고 몰려오는 악마는 없었다. 이미 누군가가 근방의 악마를 죄다 쓸어버리고 2층으로 올라간 까닭이었다.

물론 모두 유중혁 짓이었다.

"빌어먹을 주인공 새끼."

한수영은 속으로 이를 까드득 갈았다.

삼십 분 전, 한수영은 이곳에서 유중혁과 대결했다. 그리고 처참하게 패배해 이 꼴이 되었다. 얻어맞은 삭신이 쑤셨고, 머리가 어질어질했다. 악마종? 악마종이 문제가 아니다. 진짜 악마는 유중혁이다.

"완전 사기잖아. 그런 놈을 어떻게 써먹겠다고…… 김독자도 돌았지."

아무리 생각해도 이해가 가지 않는다.

유중혁은 서울 랭킹 3위고, 한수영은 4위였다. 그런데 이 처참할 정도의 격차는 뭐란 말인가. 그나마 목숨을 잃지 않은 것은 마지막 순간 기지를 발휘해 던진 말 때문이었다.

'야! 이거 김독자 물건이야! 진짜 빼앗아 갈 거냐?'

'……김독자가 왜 네게 물건을 맡겼지?'

'그야…… 내가 제일 믿음직스러우니까 그런 거 아니겠어?'

'그럼 너를 죽이고 내가 가지고 있어도 상관없겠군.'

'나, 날 죽이면 손해일걸? 김독자도 그렇게 생각할 거라고!'

유중혁은 한참이나 고민하더니 한수영을 놓아주었다.

'또 내 앞에서 그놈 이야길 들먹이면 그땐 정말로 죽이겠다.'

그러고는 곧장 2층으로 올라가버렸다.

생각하니까 또 열불이 터진 한수영이 소리를 질렀다.

"아 개새끼…… 으아아아아! 심연의 흑염룡! 너 최강의 성좌라며! 왜 저놈한테 못 이기는 건데!"

[성좌, '심연의 흑염룡'이 침음합니다.]

[성좌, '심연의 흑염룡'이 그것은 자신의 잘못이 아니라고 항변합니다.]

한참을 씩씩대던 한수영이 한숨을 내쉬었다. 누가 보면 다중 인격이라 오해할 법한 장면이었다.

"그건 그렇고 큰일 났네. 저 자식 자기 여동생 데리고 올라가던데…… 이대로면 분명히 김독자가 싫어할 전개가 될 텐데. 상황이 이 모양인데 김독자는 대체 어디서 뭘 하는 거야?"

[성좌, '심연의 흑염룡'이 그게 무슨 소리냐고 묻습니다.]

"그런 게 있어 인마. 그나저나 유중혁 그 자식이 내 '증명' 다 가지고 가서 처음부터 시작해야 할 판이네……."
　한수영은 시나리오창을 열어보았다.

〈메인 시나리오 #9 - 악마의 증명〉

분류: 메인

난이도: A++

클리어 조건: 악마종을 사냥하고, 악마의 증명 9개를 모아 2층으로 가는 제단에 바치시오.

제한 시간: 23일

보상: 50,000코인

실패 시: ―

악마종이 워낙 강력하다 보니 난이도는 높지만, 강자들이 협력만 잘 한다면 어떻게든 클리어는 가능한 시나리오였다.

이미 주요 그룹은 힘을 합쳐서 2층으로 올라간 상황.

아무리 한수영이 랭커라고 해도 이대로 있다가는 다른 상위권 랭커에게 순위를 내줄 판이었다. 암흑성의 증명 보상은 꽤 좋은 편이니 조금만 지체해도 순위는 바뀌리라.

……어떡한다?

복도 반대쪽에서 인기척이 느껴진 것은 그때였다. 차라리 잘됐다. 어차피 이렇게 된 이상 다른 녀석들 증명을 빼앗아 올라가는 수밖에는…….

"한수영 씨?"

나타난 이들을 보고 한수영은 속으로 한숨을 쉬었다.

"수영 씨! 이게 대체 무슨 일입니까?"

"그냥, 악마종이랑 싸우다 좀 다쳤어. 당신도 이쪽 미로로 들어왔나 봐?"

"그렇습니다. 다친 데는 괜찮으십니까?"

순정강철 이현성이었다. 한수영은 속으로 혀를 찼다.

왜 하필 나타나도 이 녀석이.

이현성이 왔다는 것은 김독자의 동료도 왔다는 뜻. 아무리 상황이 급해도 주요 등장인물의 '증명'을 빼앗을 수는…… 어?

"이현성 씨! 함부로 다가가지 마세요!"

예쁘장한 얼굴에 앙칼진 목소리. 이현성과 함께 나타난 네 명의 일행은, 한수영이 모르는 사람들이었다. 여자가 다시 한 번 외쳤다.

"이현성 씨! 내 말 안 들려요? 함정일지도 모른다고요!"

"맞아요! 물러서세요! 얼른 이리로 와요!"

"하지만⋯⋯."

당황한 이현성이 한수영과 여자들 쪽을 번갈아 보았다. 한수영도 함께 그쪽을 흘끔거리다 말했다.

"일행이 바뀌었네? 갑자기 하렘을 구축하셨어?"

"그게 아니라 미로에서 일행들이랑 흩어져서⋯⋯."

이현성이 곤란한 듯 뒷머리를 긁자, 여자들이 달려와 그의 팔을 한쪽씩 끼고 잡아당겼다.

"아 왜 사람 말을 안 들어요!"

"저건 악마종과 싸워서 생긴 상처가 아니에요. 저 여자 수상하다고요!"

"맞아요!"

"하여간 현성 씨는 순진해! 이런 세상에선 아무도 믿어선 안 돼요!"

이현성을 뒤쪽으로 끌어당기는 여자들, 이러지도 저러지도 못한 채 곤란해하는 이현성. 도무지 이현성과 어울리지 않는 그림이었다.

'⋯⋯잠깐만, 이거 설마?'

한수영은 곧바로 [특성 간파]를 발동했다. 눈앞에 떠오르는 이름을 본 한수영의 입가에 잔인한 미소가 깃들었다.

'이것들 봐라? 걔들이잖아?'

멸망한 세계에 적응하는 방식은 모두 다르다. 정희원이나 이지혜처럼 자기 자신을 믿고 나아가는 이들이 있는가 하면,

누군가에게 빌붙거나 이용하려는 치들도 있다. 그런데 더욱
재미있는 것은……

"이현성, 그렇게 안 봤는데 사실은 취향이 남다른가 봐?"

"예?"

"쟤네 전부 다 아저씨인데, 모르는 거 아니지?"

[성별 바꾸기를 좋아하는 한 성좌가 깜짝 놀랍니다!]
[여장남자를 좋아하는 한 성좌가 경악합니다!]

한수영의 말에 여자들이 경악하며 외쳤다.

"무, 무슨 소리예요 지금!"

"모함하지 마세요!"

목소리만 들어서는 남자라는 걸 전혀 알 수 없었다.

그러나 한수영은 누구인지 알고 있었다.

[위장 복색]과 [금단의 매혹] 스킬을 이용해, 강한 랭커를
등쳐먹거나 약자를 살해하는 4인조 그룹. 이 그룹의 이름을,
한수영은 기억하고 있었다.

'핑키즈'.

무슨 걸 그룹 같은 이름이지만 실은 전부 사십대 아저씨다.

"어이, 아저씨들. 여자애들 연기하니 좋아? 이현성 당신도
그대로 있으면 저 아저씨들한테 정기 다 빨려서 뒈질걸?"

"무슨 개소릴 하는 거야 미친년아!"

"현성 씨, 얼른 가요. 역시 이상한 사람이야!"

다른 성별로 분장해서 남을 등쳐먹고 다니는 일쯤이야 멸살법 세계에서는 흔한 일이었다. 이 세계에는 펑키즈보다 더한 악당도 많다. 그러니 이 아저씨들 정도는 충분히 갱생할 수도 있었다.

"김독자라면 그렇게 생각했을지 모르지만."

한수영은 김독자와는 다르다.

"난 거슬리는 건 그때그때 치워야 직성이 풀리거든."

아마 이대로라면 이현성은 100퍼센트 펑키즈에게 뒤통수를 맞을 것이다. 그 피해는 시나리오 클리어에 고스란히 영향을 미치겠지.

스르르르. 순식간에 분열한 한수영의 분신들이 주변을 포위하기 시작했다. 이현성이 황급히 앞으로 나섰다.

"수영 씨, 무슨 짓입니까?"

"비켜. 쟤들 죽여야 되니까."

"이분들은 나쁜 사람이 아닙니다!"

이현성은 전혀 비킬 기세가 아니었다. 딱히 매혹에 당한 것 같지도 않은데도 완강했다. 생각해보면 이현성답기는 했다. 뒤쪽의 펑키즈도 감동한 얼굴로 이현성을 보며 양손을 모으고 있었다.

짜증이 난 한수영이 말했다.

"안 비키면 너도 죽여버린다?"

"한수영 씨. 당신이 강하다는 것은 압니다. 하지만 스킬을 거두시기 바랍니다. 저 역시 힘이라면 자신 있으니까요."

"그럼 해보든가!"

늘어난 분신들이 일제히 이현성을 향해 달려들었고, 그사이 한수영은 펑키즈를 향해 달려갔다.

"죽어라, 변태들!"

"그러시면 안 됩니다!"

"까아악! 살려줘요 현성 씨!"

[강철화]를 발동한 이현성이 엄청난 기세로 한수영의 분신을 쳐부수기 시작했다. 그 박력에, 한수영은 저도 모르게 식은땀을 흘렸다.

'역시 강철검제.'

눈치를 보던 펑키즈가 슬금슬금 달아날 준비를 하고 있었다. 녀석들을 죄다 놓칠 판이었다. 이미 적대적인 인상을 준 마당에 살려둬서 좋을 건 하나도 없는데.

'그랬다 이거지.'

이렇게 된 이상 비장의 무기를 사용하는 수밖에 없다. 한수영이 짓궂은 미소를 지으며 이현성 쪽을 바라보았다.

"야. 좋은 거 보여줄까?"

다음 순간, 이현성을 둘러싸고 있던 한수영의 분신들이 동시에 홀러덩 옷을 벗었다. 허공에 드러난 새하얀 나신. 얼굴이 새빨개진 이현성이 눈을 가리며 주저앉았다.

"우, 우아아악! 이게 뭡니까!"

한수영의 본체가 이현성의 머리를 짓밟고 하늘로 날았다.

"벌거벗은 여자다!"

허공을 날아 가속한 한수영은, 달아나는 핑키즈의 뒷덜미에 순식간에 단도를 꽂았다.

"네, 네가 뭔데 우리를……! 끄아악!"

'윤우철, 마흔한 살. 코인 농장 운영.'

숨이 끊어진 동료를 보며 다른 핑키즈가 울부짖었다.

"젠장! 우린 아무 잘못도 없다고!"

'황민규, 마흔세 살. 미성년자 성폭행 및…… 또 뭐였더라?'

간단히 움직인 단도에 또다시 목이 떨어졌다. 변신이 풀린 핑키즈가 털이 수북한 다리를 드러내며 쓰러졌다.

"사, 살려줘! 살려줘어!"

'방탁호, 서른아홉 살. 3회차에서 인육 섭취 및 영아 살해…… 아무튼!'

스걱! 순식간에 남은 핑키즈는 하나뿐. 벌벌 떠는 여장 중년 남성을 보며 한수영이 인상을 찌푸렸다.

'얜 뭐였지?'

잠시 생각하다가 마지막 목을 날리려는 순간, 어디선가 날아온 백청의 마력이 그녀의 단도를 붙들었다. 이어서 들려오는 담담한 목소리.

"그쪽은 잘못 짚었어."

"……뭐?"

"그 아저씬 죽이면 안 된다고. 이번 공략에 필요한 사람이야."

고개를 돌리는 순간, 안도의 한숨이 나왔다.

한수영이 생긋 웃었다.

"너무 늦었잖아, 김독자."

4

내 이야기를 들은 한수영이 어이없다는 듯 중얼거렸다.

"⋯⋯너 진짜로 성좌 된 거야?"

며칠 전까지 화신이던 녀석이 갑자기 성좌가 되어 나타나다니 기묘하게 느껴지기는 할 것이다. 아마 한수영이 읽은 부분까지는 화신이 성좌로 거듭나는 이야기는 안 나왔을 테니까.

"그래. 나 성좌야."

"진짜, 진짜로?"

"그렇다니까."

한수영은 도저히 믿지 못하겠다는 듯 눈을 끔뻑였다.

"그게 그렇게 쉽게 되는 거였어?"

결코 쉽지 않았다고 말해주고 싶었지만, 한수영은 들을 계제가 아니었다.

"너 그럼 이제 시나리오 밖에서 우리 구경하면서 후원질 하고 그러는 거냐?"

"그런 건 아냐. 시나리오는 계속 참가해야 해."

"그럼 뭐가 달라진 건데? 겉으로 봐선 전혀 모르겠는데?"

사실 나도 엄청나게 실감이 나는 것은 아니었다. 설화를 빌린다거나, 다른 성좌 및 성운과 거래할 수 있게 되었다거나, 나에 대한 성좌들의 태도가 바뀌었다든가…….

[일부 성좌가 당신의 성장세를 질투합니다.]

[일부 성좌가 당신이 수식언을 갖는 것을 반대합니다.]

[몇몇 성좌가 당신에게 적대감을 보입니다.]

하여간 성좌고 나발이고 질투가 제일 추한 법이다. 이제 막 자라나는 새싹에게 왜 저렇게들 가혹한지 모르겠다. 그런데 알고 있냐? 이제 나도 그거 할 수 있다는 사실.

[당신이 다른 성좌들을 노려봅니다.]

[일부 성좌가 깜짝 놀라 당신을 바라봅니다!]

[몇몇 성좌가 경악하며 마시던 콜라를 토합니다!]

(…)

[간접 메시지 사용으로 200코인을 소모했습니다.]

간접 메시지를 띄우면 코인이 나가는군. 재미는 있는데, 적당히 써야겠다. 곁을 보니 한수영이 입을 벌리고 있었다.

"방금 메시지 띄운 거 너야? 수식언 없는 성좌 어쩌구?"

한수영한테는 그렇게 보인 모양이다.

"그래."

"혹시 너 지금까지 〈배후 계약〉 안 하고 있던 이유가 그거야?"

"그래."

"……그럼 난 이미 늦은 거지?"

"그렇다고 볼 수 있지."

한수영은 미간을 찌푸리며 하늘을 올려다보았다.

[성좌, '심연의 흑염룡'이 우물쭈물하며 눈치를 살핍니다.]

한숨을 푹 내쉰 한수영이 나를 바라보았다.

"근데 넌 왜 수식언이 없어?"

"그건……."

왜 나는 수식언이 없는가? 정확한 답은 나도 모른다.

[〈스타 스트림〉이 당신이 머무를 별자리의 수식언을 찾는 중입니다.]

쌓아온 설화 개수가 얼마 안 되기 때문일지도 모른다. 성좌가 되었는데 수식언이 없다는 것은, 시민권은 얻었는데 살 집이 없는 것과 비슷했다.

"그러니까, 부랑자 신세라는 거네."

"아직 다섯 번째 설화가 진행 중이야. 아마 늦어도 이번 설화가 마무리될 때쯤이면 수식언이 생길 거야."

[다섯 번째 설화, '고독한 메시아'가 현재 진행 중입니다.]

다섯 번째 설화는 성좌의 '격'에 큰 영향을 미친다. 그러니 이 설화가 어떻게 마무리되느냐에 따라 내가 머물 별자리의 위치도 정해질 것이다. 한수영이 야유했다.

"올…… 김독자, 갑자기 좀 멋있어 보인다? 이제 유중혁도 막 처바를 기세네?"

유중혁이라. 나는 주먹을 쥐었다 펴보았다. 그러자 이제껏 보지 못한 메시지가 떠올랐다.

['개연성 후폭풍'을 조심하십시오.]
[현재 <스타 스트림>이 당신의 격을 평가 중입니다.]

손끝에서 저릿하게 느껴지는 감각. 성좌가 되니 이게 문제다. 그래도 저 '평가'가 진행 중인 동안은 괜찮을 것이다. 아직 '스타 스트림'은 내게 적합한 수준의 제약을 모를 테니까.

"지금이라면 이길 수 있을지도 모르겠다."

"……진짜?"

어디까지나 '지금'이라면 말이다. 주인공이 괜히 주인공이 아니다. 내가 '성좌'라는 모험을 감행해야만 따라갈 수 있는 성장력. 그게 바로 유중혁이 가진 재능이다.

"그보다 내가 맡긴 거나 빨리 돌려줘."

"쳇, 알았어."

[화신 '한수영'이 계약을 이행합니다.]

나는 한수영에게 맡긴 코인과 아이템을 모두 돌려받았다. 한수영이 한숨을 내쉬었다.

"아쉽네. 잠깐 부자 된 기분이었는데."

"수고비로 2만 코인 줬잖아."

"60만 코인 넘게 갖고 있었는데, 꼴랑 2만 코인 받았다고 기분 좋겠냐?"

"그럼 도로 내놓든가."

한수영이 콧방귀를 뀌며 등을 돌렸다. 나는 한수영에게 받은 아이템과 코인을 점검했다.

[보유 코인: 684,353C]

그간 참 많이도 모았다 싶다.

악착같이 벌고 저축해온 만큼 이 정도 모았다고 이상한 일은 아니었다. 성좌가 되었으니 코인을 사용하는 데도 거리낌이 없어졌다. 그러니 내가 가진 코인이 진짜 힘을 발휘하는 것은 지금부터이리라.

그럼 슬슬…… 아, 잠깐. 중요한 걸 잊고 있었네.

"한수영, 저건 언제 풀어줄 거냐? 저거 성희롱이라고."

"어? 이런, 깜빡했네."

배시시 웃는 한수영과 함께, 나는 아직도 머리를 감싼 채 바닥에 주저앉아 있는 이현성에게 다가갔다. 이현성 주변에는 한수영의 분신들이 여전히 알몸으로 춤추고 있었다.

[등장인물 '이현성'이 공포에 떨고 있습니다.]

…….

「강철검제는 여자에게 약하다.」

아무리 멸살법에 그런 문장이 쓰여 있다지만 저건 좀 심한 게 아닌가 싶었다. 심지어 저건…….

"진짜도 아니네."

한수영의 분신은 얼핏 보면 나신의 여체 같지만, 잘 보면 중요한 부위들이 없을뿐더러 신체 자체도 제대로 구현되어 있지 않다.

즉 이현성은 지금 마네킹이나 다름없는 분신을 보고 패닉에 빠져버린 것이다. 내 말뜻을 알아챈 한수영이 짓궂게 웃었다.

"흐음…… 그거 무슨 뜻이야? 혹시 못 봐서 아쉽다는 뜻?"

"그다지 아쉬울 구석도 없을 것 같던데."

"본 적도 없는 주제에 막말하는 거 아니다."

"그걸 꼭 봐야 아냐?"

나는 일단 이현성에게 다가가서 등을 두드려주었다.

"현성 씨, 괜찮아요?"

"도, 독자 씨."

눈빛이 흐리멍덩한 게 아무리 봐도 제정신이 아니었다. 이현성은 유령이라도 본 듯한 얼굴로 나를 보며 중얼거렸다.

"독자 씨가 왜……? 저도 죽은 겁니까?"

이거 제대로 트라우마가 생긴 모양인데. 이죽거리는 한수영을 보고 있자니 짜증이 났다. 만화 같은 상황이지만 강철검제 본인에게는 제법 심대한 타격이었을 것이다. 이번 회차에서 잘못하면 이현성이 고자 루트를 밟을지도 모르겠는데…….

일단은 시간이 지나면서 회복되도록 내버려두는 수밖에 없다.

그때, 옆에서 다른 목소리가 끼어들었다.

"저기……."

"……?"

"저는 이만 가봐도 되겠습니까?"

그제야 펑키즈의 마지막 멤버가 눈에 들어왔다. 늘씬한 몸매에 예쁘장한 얼굴. 고운 눈썹에 은은한 볼 터치까지 들어간 뺨.

누가 저 여자의 실체가 사십대 아저씨라 믿을까.

"당신 이름이 뭐죠?"

내가 묻자 예쁜 목소리로 답했다.

"서, 서인아입니다."

"그거 말고 본명요."

서인아는 우물쭈물하더니 결국 본명을 실토했다.

"……김영팔입니다."

핑키즈의 김영팔. 제대로 찾았군. 한수영이 혀를 찼다.

"저 아저씬 왜 살려둔 거야? 핑키즈는 나쁜 새끼들이잖아?"

"아직은 아냐. 나쁜 놈이 될 예정이지. 그리고 너도 제대로 읽었다면 알겠지만, 핑키즈는 원래 3인조야."

"하지만 쟤네는 네 명…… 어?"

"저 아저씨는 걔네가 본격적으로 활동하기 전에 죽은 사람이야."

"……그래서 죄목이 기억이 안 났나?"

"김영팔은 기본적으로 순수한 사람이야. 그래서 핑키즈에서 제일 먼저 죽었고."

김영팔이 끼어들었다.

"저기, 무슨 말씀을 하시는 건지……."

"아저씬 닥치고 있어."

미간을 찌푸린 한수영이 말을 이었다.

"그래서 저 아저씨가 순수하다고?"

나도 믿기지 않지만, 멸살법 설정이 그따위인데 어쩌겠는가.

[성별 바꾸기를 좋아하는 한 성좌가 고개를 끄덕입니다.]

[성별 바꾸기를 좋아하는 한 성좌가 성별 바꾸기를 좋아하는 사람 중에는 나쁜 사람이 없다고 주장합니다.]

실제로 김영팔은 아무도 죽이지 않고 지금까지 살아남았다.

심지어 첫 번째 시나리오에서도.

내가 '곤충 압살'이라는 아이디어를 떠올린 것은 모두 첫 번째 시나리오에서 김영팔이 실수로 지나가던 개미를 밟아 생존한 전례가 있기 때문이었다. 물론 김영팔은 본인이 왜 살아남았는지 알지 못했지만.

아무튼 정말로 '운 좋게' 살아남은 사람. 그게 바로 핑키즈 김영팔이다. 아니, 이제 동료가 다 죽었으니 '핑키'라고 불러야겠군.

"젠장…… 뭐 네가 그렇다면 그런 거겠지. 아무튼 쓸모가 있으니까 살려뒀다 이 말이지?"

"그래."

"그래서 이제 어쩔 건데?"

"어쩌긴, 다시 시나리오 깨야지."

"이번 시나리오가 뭔지는 알고 하는 소리지?"

물론 안다. 아주 잘 알고 있다.

"'서울 돔 해방'을 앞둔 마지막 시나리오잖아."

아홉 번째 시나리오, '암흑성'.

이번 시나리오에는 지금껏 나타나지 않던 적들이 등장한다. 나는 여전히 공포에 떨고 있는 이현성과 곯아떨어진 이지혜,

그리고 다친 이길영을 돌보는 신유승을 살폈다. 다른 일행들도 어딘가에 살아 있을 것이다.

다른 사람도 아니고 '정희원'이 있으니, 암흑성 1층에서 그렇게 쉽게 당하지는 않았겠지.

"너도 알겠지만 1층은 장난이야. 진짜 지옥은 2층부터지."

성채 창밖으로 서울의 정경이 보였다. 마인이 되어 돌아다니는 인파. '최강의 희생양'을 자처하며 힘겹게 지켜낸 보람도 없게, 서울시의 절반은 악마종의 수족이 되어가는 중이었다.

간헐적으로 들려오는 한 맺힌 절규들. 이미 충분한 절망이 서울을 뒤덮었지만 그럼에도 여전히 '이야기'는 부족했다.

이야기는, 언제나 부족하다.

도깨비는 여전히 더 큰 절망을 갈구하고, 성좌는 여전히 더 자극적인 이야기를 갈망한다. 그것이 이 세계의 법칙이다. 멸살법은 그렇게 만들어진 세계다. 함께 창밖을 보던 한수영이 말했다.

"진짜 진부한 상상력 아니냐? 회귀자에, 귀환자에, 환생자에. 그것도 모자라서 이번엔 악마?"

"자기도 표절한 주제에 무슨."

"야, 내가 아니라고 몇 번을……."

평소처럼 시답잖은 농담을 주워섬기다가 문득 궁금증이 일었다.

"한수영."

"왜?"

"만약 네가 멸살법 작가라면 말야."

"난 그딴 쓰레기 안 쓰거든?"

"그냥 가정하는 거야."

툴툴대던 한수영이 입술을 비죽였다.

"……작가라면, 뭐?"

"네가 멸살법 작가라면, 이 세계를 왜 만들었을 것 같냐?"

"그걸 내가 어떻게 알아?"

"같은 작가니까 혹시 알까 싶어서."

"나 같은 일류 작가가 삼류 작가의 생각을 어떻게 알겠냐?"

그래, 물어본 내가 등신이지. 그런데 한수영이 말을 이었다.

"오히려 내가 너한테 묻고 싶은데?"

"뭘?"

순간 한수영의 깊은 눈과 시선이 마주쳤다. [전지적 독자 시점]을 사용해도 한수영의 속은 읽을 수 없다. 하지만 지금은 조금 알 것도 같았다.

같은 이야기를 읽어온 사람은 생각마저 닮아가는지도 모른다.

「넌 이 세계의 끝을 알고 있어. 그렇지?」

한수영은 분명 그렇게 묻고 있었다. 그러나 언제나 그렇듯,

나는 대답하지 않았다. 대답이 돌아오지 않을 걸 아는 한수영은 내게서 시선을 거두고 다시 창밖을 바라보았다. 그리고 다른 것을 물었다.

"……'시나리오'는 대체 뭘 위해 존재할까."

멸망한 서울 상공을 덮은 새카만 어둠이 보인다. 성좌가 되었기 때문일까. 하늘은 이제 예전과 같은 풍경이 아니었다. 천공을 수놓은 무수한 별자리. 그 별자리를 끌어안은 '스타 스트림'이 분명 그곳에 있었다.

저렇듯 가까이 붙어 있음에도, 결코 닿을 수 없는 별들.

그토록 많은 별들이 빛나고 있는데도…….

조금도 지워지지 않는, 저 까마득한 심연.

나는 그제야 조금은 이 세계를 이해할 것 같은 기분이었다.

'성좌'란 존재가 늘 무엇을 견디고 있었는지. 어째서 이야기에 그토록 집착하는지. 그 아득한 감정을 떨쳐내기 위해 나는 입을 열었다.

"어쩌면 '시나리오'는……."

5

스타 스트림의 무수한 존재들이, 긴 세월을 견디며 적어도 한 번 이상 던져온 질문이 있다.

「시나리오란 대체 왜 존재하는가?」

질문에 대한 대답은 저마다 달랐다. 가령 귀환자인 키리오스 로드그라임은 이렇게 말했다.

「그것마저 없다면 이 우주는 너무 외롭기 때문이겠지.」

성좌 '가장 어두운 봄의 여왕'은 같은 질문에 다음과 같이 되묻는다.

「지금 어째서 '요리'가 존재하느냐고 묻는 것인가요?」

그리고 마왕 '아스모데우스'는 같은 질문에 다음과 같이 대답했다.

「그것은 더 커다란 멸망을 막기 위한 작은 멸망이다.」

어떤 의미에서는 낭만적이고, 조금 비약하면 철학적이라고도 할 수 있을 법한 대답들이었다. 그러나 언제나 그렇듯 낭만과 철학이란 배부른 자를 위한 사치에 지나지 않는다. 그러므로 지금 암흑성 2층, '무저갱 평원'에 있는 악마 백작 텐타치오에게 '시나리오'란 다음과 같은 것이었다.

"엿 같게."

그것은 그의 말버릇이었고, 엄밀히 따지면 그만의 말버릇도 아니었다. 이 공간에 들어온 존재는 누구나 오십 년쯤 지나면 그런 말이 입에 붙게 되니까. 물론 오십 년씩이나 살아남을 때 이야기지만.

"지겹군."

마계의 강 포이닉스의 지류가 흐르는 드넓은 '무저갱 평원'.

혹자는 어떻게 암흑성 2층에 이처럼 거대한 평원이 있느냐고 물을지 모르지만 그건 텐타치오도 알지 못한다.

그가 아는 사실은 두 가지뿐이었다.

이 거대한 평원의 정점에 올라야 한다는 것.

그것을 무려 백구십사 년째 못 해내고 있다는 것.

'빌어먹을, 그때 그 도깨비 놈 제안만 아니었어도…….'

백구십사 년 전 기억이, 지금도 그에게는 어젯밤 일처럼 생생했다.

—73번째 '마왕'이 되고 싶지 않으십니까?

마왕. 모든 악마종의 정점이자 숙원.

—내가 마왕이 될 수 있다고?

3급 악마종으로 살아가며 신분 상승이 요원해진 상황. 아무리 하급 악마종을 잡아먹어도 좀처럼 높아지지 않는 격. 그 정체기에 텐타치오는 악마인 자신보다 더 악마 같은 존재에게서 유혹을 받았다.

—당신에게 부족한 건 '힘'이 아니라 '이야기'입니다.

—그게 무슨 소리지?

—시나리오에 참가하면 아시게 될 겁니다.

그렇게 텐타치오는 시나리오 '암흑성'에 투입되었다. 수많은 악마종을 찢어 죽였고, 전 차원에 흩어진 암흑성 입구에서 올라오는 종족들을 학살했다. 그렇게 백구십사 년이 지났을 때, 악마 백작 텐타치오는 '암흑성 2층'에서 손에 꼽히게 강한 열 명의 악마 중 하나가 되어 있었다. 하지만 거기까지였다.

'이걸론 3층으로 갈 수 없다.'

암흑성 3층. 마왕의 정수가 잠들어 있는 곳.

그곳으로 가려면 먼저 2층 강자를 모두 꺾어야 했다.

단순히 코인을 얻고, 힘을 키우는 것만으로는 부족했다.

2층 강자들은 그저 능력만 강해서 강자인 게 아니었으니까.

그렇다면 그에게는 무엇이 부족한가…….

[성좌, '매금지존'이 당신의 혼잣말을 원합니다.]
[성좌, '매금지존'이 당신의 설정을 궁금해합니다.]

"설정? 빌어먹을 놈들. 내가 무슨 게임 캐릭터인 줄 아냐?"

성좌들의 건방은 마음에 들지 않았지만, 그에 관해 궁금해하는 성좌가 나타났다니 달갑기도 했다. 궁금해한다는 것은 암흑성 1층을 뚫고 올라온 새로운 버러지들이 있다는 뜻. 즐거운 유희가 시작될 거라는 예고였다.

슈우우우우!

가벼운 소용돌이와 함께 들판에 일련의 남녀 무리가 나타났다. 텐타치오의 입가에 미소가 걸렸다.

"환영한다, 벌레들아. 암흑성 2층에 온 것을."

입맛을 다시며 꾸역꾸역 대사를 뱉자, 예상대로 버러지 몇 마리가 앞으로 나와 그를 향해 물었다.

"여긴 어딥니까? 당신은 누구죠? 가이드입니까?"

"……혹시 도깨비십니까?"

도깨비라니. 텐타치오가 제일 싫어하는 말이었다. 그럼에도 그는 그 말을 인내하며 입을 열었다. 이 인내 뒤에는 달콤한 포식의 시간이 올 테니까.

"암흑성 2층은 적자생존의 세계다. 이곳에서 힘을 인정받은 존재만 다음 층으로 나아갈 수 있다. 간단한 룰이지? 어디, 설명이 더 필요한 존재가 있다면 손을 들어보거라."

"힘을 인정받는다는 게 무슨 뜻입니까? 어떻게 하면……."

"이렇게 하면 된다."

콰지지직! 순식간에 늘어난 텐타치오의 팔에, 말을 잇던 남자의 머리가 그대로 터졌다. 깜짝 놀란 인간들의 표정. 텐타치오가 제일 좋아하는 순간이었다.

"뭐, 뭐야!"

"망할! 역시 함정이었어!"

남자의 목에서 뿜어져 나온 피를 한껏 머금은 텐타치오가 살벌하게 웃었다.

"폐하를 지켜라!"

화신들이 한꺼번에 달려들었지만 텐타치오는 전혀 개의치 않았다. 그의 전신에서 강력한 기세가 뿜어져나왔다.

악마 귀족의 작위는 오등작이다.

공작, 후작, 백작, 자작, 그리고 남작.

자작이나 남작급은 제법 흔하지만 백작급부터는 차원이 다르다. 백작급 악마는 '설화'를 가지고 있기 때문이다.

[설화, '벌레 학살'이 시작됩니다.]

"끄아아아악!"

그의 손이 움직일 때마다 인간이 정말로 벌레 터지듯 죽어 나갔다.

백구십사 년간 하위 도전자를 학살하며 얻은 그의 설화는 자신보다 격이 낮은 존재들에게 그야말로 압도적인 힘을 발휘했다.

[성좌, '매금지존'이 깜짝 놀랍니다.]

"크하하하하하!"

그의 손바닥에서 적색 마력파가 뻗어나왔다. 인근 화신들이 순식간에 육편처럼 찢겼다. 싱거운 싸움이었다. 쓸 만한 화신도 몇몇 보였지만 대부분은 쓰레기였다. 기껏해야 5급 악마종으로 변이하면 다행일 법한 수준. 그러다 한순간, 텐타치오의 시선이 멎었다.

"오호, 너는 4급 정도는 되겠구나."

텐타치오가 화신의 목을 잡고 들어 올렸다. 차르르 흩어지는 여자의 머리카락. 부서진 왕관이 주변을 나뒹굴었다. 미희왕 민지원이었다.

"네가 이 녀석들 우두머리겠군."

강하고 억센 눈빛이 마음에 든다. 배후성도 있는 듯하니, 이 화신의 '이야기'는 꽤 맛있을지도 모르겠다.

"두 가지를 묻겠다. 너흰 어디에서 온 놈들이냐?"

"내, 내가 말해줄 것 같⋯⋯."

"너 같은 벌레들은 많이 봐왔지."

텐타치오가 잔인한 미소를 지으며, 발밑에 있는 화랑들의 머리를 하나씩 짓밟았다. 뇌수가 터지며 부서지는 두개골을 본 민지원의 안색이 하얗게 질렸다.

"자, 잠깐만!"

퍼어억! 퍼어억!

"그만둬! 지, 지구! 우린 지구에서 왔어!"

텐타치오가 웃으며 되물었다.

"지구?"

텐타치오는 풍부한 이야기로 들끓는 그 행성에 관해 들은 기억이 있었다. 도깨비들은 말했다. '지구'는 이야기의 요람과 같은 행성이라고. 이야기가 많은 곳에는 설화가 발생하고, 설화가 많은 곳에는 먹잇감이 풍부하다. 텐타치오가 입술을 핥았다.

"벌레야. 너희 중 가장 많은 설화를 쌓은 자는 누구냐?"

"으으⋯⋯ 설화라고? 그게 무슨⋯⋯."

역시 이렇게 말해서는 못 알아듣나.

"너희 중 가장 강한 화신은 누구지?"

탐욕스럽게 자신을 바라보는 텐타치오의 샛노란 눈을 보며, 민지원은 부르르 어깨를 떨었다.

"아, 그래서 '시나리오'가 대체 뭔데?"

"……방금 말해줬잖아."

"그렇게 상징적으로 말하면 내가 어떻게 알아들어?"

"넌 일류 작가라며."

나는 한수영과 옥신각신하며 2층으로 향하는 제단을 찾고 있었다. 가는 길에 악마를 몇 마리 더 잡았다. 진행은 말할 필요도 없이 순조로웠다. 악마가 나타날 때마다 내가 '성좌의 격'을 발출했기 때문이다.

끼이이이이!

시선이 마주친 '어둠 추적자'들이 비명을 지르며 물러나거나 몸을 떨었다.

아직 다른 성좌만큼은 아니라 해도 일단 성좌가 된 후에는 존재감 자체가 달라진다. 즉 나보다 격이 낮은 존재에게는 시선이나 진언만으로도 상당한 영향력을 행사할 수 있다는 뜻이었다.

[성좌, '긴고아의 죄수'가 너무 쉬운 진행에 실망합니다.]

[성좌, '하늘의 서기관'이 당신에게는 더 커다란 역경이 필요하다고 말합니다.]

어렵게 가면 '고구마'라고 난리, 쉽게 가면 재미없다고 난리…… 대체 어느 장단에 맞추라는 건지 모르겠다. 가끔은 이런 날도 있어야 할 거 아냐? 시나리오 열리고 나서 처음으로 평탄하게 가는 중인데…….

그렇게 힘을 합해 악마의 증명을 하나씩 모아가는데, 허공에서 익숙한 목소리가 들려왔다.

—'김독좌' 님. 팔자 좋아 보이십니까? 보따리도 혼자 막 열어버리고?

말하는 꼬락서니를 보아하니 누구인지 잘 알겠다. 나는 툴툴대며 메시지를 보냈다.

'갑자기 사라져버린 게 누군데? 중급 도깨비 됐다고 기고만장해서는.'

—기고만장하긴 누가? 바빠서 못 온 것뿐이라고! 아무튼 늦었지만 축하한다. 내 채널에서 새로운 성좌가 나오다니. 뭔가 감개무량하네.

'채널은 잘 돌아가냐?'

—네가 성좌가 되는 바람에 화신 찾기 집단이 대거 탈주할 줄 알았는데 오히려 더 잘되고 있어. 초반 시나리오 참여 중인 성좌 구경하겠다고 다들 몰려와서 지금 완전 북새통이야. 조만간 또 채널을 확장해야 할지도 몰라.

그 정도란 말인가? 하긴 화신이 초반 시나리오 진행 도중 성좌로 격상하는 경우는 드무니까.

—근데 너 싫어하는 놈도 만만찮게 생겨났으니까 조심하는 게 좋을 거야. 솔직히 '성좌'만 되었을 뿐이지 완전히 '격'을 갖

춘 건 아니잖아?

사실 비형 말이 맞았다. 성좌가 되었지만 고유 성흔도 깨어나지 않은 상태였다. 한마디로 지금 나는 반쪽짜리 성좌에 가까웠다.

—아까 보니까 네가 유중혁보다 강할 거라고 하던데, 솔직히 말해서…….

'지금은 내가 더 세.'

—오…… 김독자. 평소랑은 반응이 다르네? 라이벌 의식 느끼냐?

'난 성좌고 그놈은 화신이야. 내가 이기는 게 당연하잖아.'

—글쎄. 과연 그럴까?

'대체 용건이 뭐야? 시비 걸려고 왔냐?'

—아, 조만간 그 녀석 태어날 것 같아. 먹일 '설화'가 필요해. 네가 따지면 얘 아빠인데, 그래도 부모 노릇은 해야…….

'알았어. 구해줄게.'

—자식, 역시 이해가 빨라서 좋다니까. 그럼 부탁한다.

41회차의 신유승이 깨어날 때가 된 모양이었다. 뒤를 돌아보니 일행들이 악마 시체에서 증명을 수거하고 있었다.

"다들 '증명'은 충분히 모았죠?"

신유승이 조심스레 손을 들었다.

"전 아직 덜 모아서…… 그리고 길영이 것도…….'

"아, 내가 도와줄게."

뜻밖에도 한수영이 신유승을 챙겼다. 뒤쪽에서 이길영을 업고 오던 이현성도 한마디를 했다.

"저, 독자 씨."

"예."

"팔뚝에 잽 한번 날려봐도 되겠습니까?"

"……그러세요. 하지만 약하게 부탁드립니다."

한수영의 악몽에서 간신히 벗어난 이현성은 아직도 내가 살아난 게 믿기지 않는 모양이었다. 갑작스레 등을 밀치거나 머리털을 잡아당기는 등 이상 행동을 보였다. 팔을 툭 치더니 이현성이 입을 열었다.

"예전에 군대에서 탄피를 분실한 적이 있습니다."

"큰일이었겠는데요. 찾았나요?"

"못 찾았습니다."

"엄청 혼났겠네요."

"그 탄피가 한 달쯤 있다가 전혀 뜬금없는 곳에서 발견되더 군요."

내 얼떨떨한 표정에도, 이현성의 눈빛은 한없이 진지했다.

"그때부터 그 탄피를 계속 주머니에 넣고 다녔습니다."

"……군법 위반 아닌가요?"

"그렇습니다."

너무 태연하게 긍정해서 놀랐다. 나는 떨떠름하게 고개를 끄덕이며 말을 이었다.

"그렇군요. 근데 그 이야길 왜 갑자기……."

"그냥 갑자기 생각이 나서 말입니다."

그러니까 내 머리통을 보면서 왜 갑자기 그런 이야기를 하는지 모르겠다. 설마 머리통을 잘라서 주머니에 넣어 다니겠다는 뜻은 아닐 테고…… 아무튼 내가 살아 돌아와서 기쁘다는 뜻이겠지.

우리는 얼마 지나지 않아 2층으로 가는 제단에 도달했다. 증명은 충분히 모았다. 남은 일은 제단에 증명을 바치고 기다리는 것뿐. 그때, 한수영이 물었다.

"저 아저씨도 같이 가는 거지?"

돌아보니 핑키즈 김영팔이 우물쭈물하며 서 있었다. 나는 고개를 끄덕였다.

"김영팔 씨. 앞장서세요."

"예?"

기겁하는 김영팔을 보며 한수영이 눈을 가늘게 떴다.

"저 아저씨는 왜? 고기 방패냐?"

"잊었어? 2층으로 가는 마지막 관문은……."

암흑성 1층에서 증명을 모두 모은 자들은 그 증명을 제단에 바친 후, 2층에서 소환되어 오는 '악마'를 사냥해야 다음 층으로 갈 수 있다. 그런데 이 악마의 수준은 해당 파티에서 '가장 약한 자'를 기준으로 삼는다.

한수영이 이해했다는 듯 고개를 끄덕였다.

"아하, 그러니까 제일 약한 저 아저씨를 앞장세우겠다?"

"그렇지."

"역시 김독자, 치졸함 하나는 스타 스트림 최고네."

"치졸한 게 아니라 전략적이라고 해야지."

[성좌, '긴고아의 죄수'가 당신의 졸렬함에 놀랍니다.]
[성좌, '대머리 의병장'이 당신이 성좌의 품격을 보여주길 원합니다!]

성좌의 품격은 무슨 얼어 죽을. 나라고 좋아서 어려운 시나리오만 헤쳐온 게 아니다. 성좌도 되었는데 좀 시원시원하게 갈 때도 있어야지. 한수영이 싱겁다는 듯 말했다.
"그럼 이 관문은 쉽게 깨겠네."
"별일만 없다면."
"별일?"
"가끔 수준과 상관없는 악마가 소환될 때가 있어."
나는 그렇게 말하며 제단에 증명을 던져 넣었다.

['악마의 증명'을 바쳤습니다.]
[당신들을 시험하기에 적절한 악마 수문장이 소환됩니다!]

슈우우우우! 제단에서 눈부신 빛이 퍼지며, 소환진이 그려지기 시작했다. 화려한 육망성 위에 비치는 스포트라이트. 내 예상이 맞는다면, 저기서 나올 악마는 약골 김영팔 수준에 딱 알맞은 녀석이다. 아마 2층의 악마 귀족 중에서도 최약체인 '악마 남작 빌레르'겠지.
그 정도라면 내가 굳이 성좌의 힘을 쓰지 않더라도 제압할 수 있는…….

[당신을 원하는 악마가 2층에 있습니다!]

……어?

[일행의 수준과 무관한 악마가 육망성 위에 소환됩니다!]

뒤이어 들려온 메시지에 한수영의 얼굴이 굳어졌다.
"뭐야? 이거 네가 말한 '별일' 아냐?"

['악마 백작 텐타치오'가 강림했습니다!]

백작? 화려한 임팩트와 함께 육망성 위에 나타난 악마는 빌
레르 따위와는 비교조차 안 될 만큼 강력한 녀석이었다. 어깨
위로 돋아난 웅장한 뿔이 위협적으로 기세를 발출했다. 고요
히 눈을 뜬 악마가 잔인한 웃음을 머금은 채 입을 열었다.
"네가 '유중혁'이라는 놈이냐?"

6

"유중혁?"

갑자기 이건 또 무슨 상황인가 싶었다.

암흑성 2층의 별종 중에 가끔 이 시험에 자원하는 녀석이 있다고 멸살법에서 읽은 적은 있었다. 하지만 핑키즈 김영팔이 끼어든 회차에서 백작급 악마가 소환된 적은 없었다.

게다가 소환되자마자 유중혁은 왜 찾지?

내가 대답이 없자, 악마 녀석이 후욱— 하고 숨을 뿜더니 이현성 쪽을 돌아보았다.

"아니면 네놈이 유중혁인가?"

"아, 저는 이현성이라고 합니다."

"그럼 유중혁이라는 놈은 어디 있지?"

지켜보던 내가 입을 열었다. 괜히 여기서 백작급 악마를 자극해봐야 좋을 건 없었다.

"그놈은 왜 찾아? 여긴 없으니까 돌아가."

악마 백작 텐타치오가 흐흐 웃었다.

"벌레 녀석이 말대답을 하는구나. 그것참 이상하군. 여기에 '서울 최강'이란 놈이 있다고 들었는데?"

서울 최강?

"어, 그거 내 얘기 같은데."

그 말에 일행이 동시에 나를 바라보았다. 왜들 그런 눈으로 보는지 모르겠다. 사실인데 말이지.

텐타치오도 나를 노려보았다.

"그럼 네놈이 유중혁이냐?"

"유중혁은 아닌데, 아무튼 서울 최강은 나야."

대체 무슨 일일까. 이 자식이 '서울 최강'은 왜 찾지?

[성좌, '매금지존'이 당신에게 미안해합니다.]

[성좌, '매금지존'이 제발 저 악마를 잡아달라고 부탁합니다.]

매금지존? 뭐가 어떻게 돌아가는 거야, 이거?

[당신이 신라 출신 성좌들을 노려봅니다.]

[신라 출신 성좌들이 당황합니다.]

잠깐만, 그렇군. 이 자식들이…… 지금 자기들 후손 살리겠다고 날 팔았다 이거지?

[성좌, '매금지존'이 자초지종을 보여줍니다.]

머릿속으로 '매금지존'이 본 장면의 일부가 내게 스며들었다. 타격으로 전신이 으깨진 민지원이 더듬거리며 입을 열고 있었다.

—……서, 서울 최강은 유중혁이란 남자야.

[성좌, '매금지존'이 애처로운 눈빛으로 당신을 바라봅니다.]

지금처럼 성좌가 자신의 기억을 직접 보여주는 행위는 개연성을 감수해야 한다. 그뿐만 아니라 상당한 양의 코인도 사용해야 한다. 내게 서슴없이 기억을 보여주었다는 것은 그만큼 상황이 급하다는 뜻이겠지.

젠장, 그럼 유중혁한테 보내지 왜 나한테 보낸 거야? 내가 만만하냐?

[성좌, '매금지존'이 화신 '유중혁'은 너무 멀리 있었다고 말합니다.]

나는 가볍게 한숨을 쉬며 허공을 향해 물었다.
"그래서, 도와주면 뭘 해줄 건데?"

[성좌, '매금지존'이 코인을 주겠다고 말합니다.]

"얼마나? 또 2,000코인 주려고? 다른 거 줘. 도움될 만한 거."

[자존심 상한 신라의 성좌들이 '매금지존'에게 성토합니다.]
[성좌, '매금지존'이 당신에게 설화를 지불하겠다고 말합니다.]

설화?

[새로운 '현상금 시나리오'가 도착했습니다!]

〈현상금 시나리오 - 악마 퇴치〉

분류: 서브

난이도: A+

클리어 조건: '악마 백작 텐타치오'를 처치하시오.

제한 시간: ―

보상: 신라 출신 성좌들의 신뢰, 역사급 설화 1개

실패 시: ―

역사급 설화 하나라. 나쁘지 않은 조건이었다.

사실 딱히 저쪽에서 조건을 걸지 않아도 악마 백작은 해치울 생각이었다. 신라 출신 성좌들은 성운을 이룰 만큼 강대하지는 않지만, 그래도 빚을 안겨둬서 나쁠 것은 없으니까.

기다림에 지친 악마 백작이 으르렁거렸다.

"뭘 혼자 웅얼대는 거냐? 그래서 네놈이 유중혁이란 거냐, 아니란 거냐?"

텐타치오의 전신에서 강력한 기류가 방출되자 이현성이 잽싸게 앞으로 나섰다.

"독자 씨, 저놈은 제가 맡겠습니다."

"현성 씨, 혼자서는 무리……."

"이젠 결코 탄피를 잃어버리지 않겠습니다."

한수영이 재미있다는 듯 휘파람을 불었다. 텐타치오가 복잡한 표정을 짓더니 씩 웃었다.

"용감한 벌레들이군. 나는 그런 녀석들 짓밟는 걸 좋아하지."

쿵, 하는 지진파가 발생함과 동시에 [강철화]를 전개한 이현성이 앞으로 달려나갔다. 까가가각, 하는 소리와 함께 강철로 뒤덮인 이현성의 어깨가 텐타치오의 견갑과 충돌했다.

백작급 악마에게 물러서지 않고 덤벼드는 용기라니. 이현성답다.

"설화를 계승한 녀석이구나?"

이현성의 [강철화]는 '강철의 주인'이 가진 설화를 계승하면서 얻은 성흔. 단 한 방의 교환으로 악마 쪽도 이현성의 가치를 눈치챈 모양이었다. 하긴 백작급 악마라면 슬슬 설화 수

집에 열을 올릴 때니까.

"먹어치워주마."

텐타치오가 이현성의 몸을 그대로 끌어안았다. 놀란 이현성이 연이어 주먹을 날렸으나 텐타치오는 개의치 않았다. 쩍 벌어진 악마의 입에서 송곳니가 도드라지더니 그대로 이현성의 어깨를 파고들었다.

콰드드득!

[강철화]의 강도는 이현성의 의지와 직결되어 있다. 의지가 꺾이지 않는 한 이현성의 강철은 파괴되지 않는다. 멸살법에는 그렇게 적혀 있다. 하지만 그런 멋들어진 설명이 어울리는 것은 어디까지나 '후반부'의 이현성이었다.

쩌저적. 이현성의 단단한 강철에 조금씩 균열이 일기 시작했다. 차츰 창백해지는 이현성의 얼굴.

"……저놈 대체 뭐야?"

텐타치오를 보는 한수영도 동요하고 있었다.

"김독자! 저놈 뭐냐고!"

도깨비가 발표한 서울 랭킹이 잘못되지는 않았나 보다. 여기서 악마 백작의 정확한 수준을 알 수 있는 존재는 나를 제외하면 한수영뿐이었다.

내가 대답했다.

"저놈, '3급 악마종'이야."

그리고 3급 이상 악마종은 자신의 설화를 가지고 있다.

[설화, '벌레 학살'이 이야기를 시작합니다.]

벌레 학살. 꽤 쓸 만한 설화다. 아직 성흔의 형태로 가공된 것 같지는 않지만 스스로 쌓아 올린 설화인 만큼 어지간한 화신의 성흔으로는 대적조차 불가능하다.

텐타치오의 설화가 허공에 풀려나기 시작하자, 이현성과 한수영을 비롯한 주변 화신들이 겁에 질린 벌레처럼 제자리에 굳었다. 뒤쪽에 아직 기절해 있던 이지혜와 이길영이 고통스러운 듯 몸을 뒤틀었고, 펑키즈 김영팔은 거품을 물고 주저앉았다.

이것이 설화의 진짜 힘.

연고가 없는 다른 존재를 자신의 '이야기' 속으로 삼키는 것. 강제로 몰입된 화신들이 설화 주인의 명령을 기다리고 있었다.

"학살의 시간이다. 벌레들아."

이현성의 강철이 무력하게 부서졌고, 반사적으로 덤벼든 한수영의 분신들이 허공에서 폭발했다. 이대로라면 전멸이었다. 설화 [벌레 학살]은 다수의 약자를 상대로 압도적인 힘을 발휘하니까.

지금의 일행들에게 암흑성 2층의 백작급은 무리한 상대다.

꽈아앙! 나는 뒤쪽으로 튕겨나온 이현성의 어깨를 붙들었다. 내 손이 닿자, 공포에서 풀려난 이현성이 말을 더듬었다.

"도, 독자 씨."

"물러서세요."

"안 됩니다. 이번에도 독자 씨를 지키지 못하면—"

"현성 씨. 탄피라는 거, 눈만 똑바로 뜨고 있으면 생각보다 잃어버리기 힘들어요. 그러니까 눈 잘 뜨고, 지켜보고 있어요."

나는 이현성의 어깨를 두드려주고는 앞으로 나섰다. 텐타치오가 흥미롭다는 듯 웃었다.

"내 설화에 저항했다? 제법 정신력이 강한 놈인가 보구나."

"정신력이 아냐."

"그럼 뭐냐? 꿇어라, 버러지야."

주변의 압력이 급격하게 올라가며 일행들이 무릎을 꿇었다. 물론 나는 멀쩡했다. [제4의 벽] 덕분은 아니었다. 그보다 더 본질적인 차이였다. 말하자면, 압도적인 '격'의 차이.

"……대체 어떻게 움직일 수 있는 거지?"

"그 설화를 얻으려면 허약한 놈만 골라서 적어도 십만 명은 죽여야 했을 텐데, 너도 어지간히 고약한 놈이네."

"뭐?"

"그래도 [벌레 학살]은 꽤 쓸 만한 설화야. 적이 자신보다 '약자'일 때는 말이지."

[당신은 설화 '벌레 학살'에 별다른 흥미를 느끼지 못합니다.]

['벌레 학살'의 효과가 당신에게 부정당합니다.]

텐타치오가 눈을 부릅떴다.

"이, 이건 최소 후작급 이상의…… 마왕? 아니, 그럴 리는 없고…… 설마 귀환자냐?"

악마의 정점인 72마왕은, 격으로 따지자면 설화급 성좌와 동급이다.

"하지만 귀환자가 이곳에 있을 리 없는데……."

"맞아. 둘 다 틀렸어."

'격'을 드러낸 것만으로도 개연성의 제약을 받는 존재.

[당신이 '악마 백작 텐타치오'를 바라봅니다.]

텐타치오의 안색이 점차 하얗게 질렸다. 나는 지체하지 않고 텐타치오를 향해 달려가며 [백청강기]를 사용했다.

['신념의 칼날'이 활성화됩니다.]

['부러지지 않는 신념'의 특수 옵션이 발동합니다.]

[에테르 속성이 '신성'으로 변환됩니다.]

스가각, 하는 소리와 함께 텐타치오의 뿔들이 허공을 날았다.

"끄아아아!"

두 번째 검격을 날리기도 전에 텐타치오는 저만치 물러나 있었다. 설화를 사용할 수는 없어도 백작급이다. 몸놀림 자체가 보통의 화신과는 차원이 달랐다. 조금 여유를 되찾은 녀석이 이를 악물었다.

"네놈이 성좌라고? 그럴 리가 없다!"

또 '메시아의 길'을 빌려올까 잠시 고민했지만, 저쪽이 [벌레 학살]을 사용하지 못하는 이상 나도 인용을 남발할 필요는 없었다. '인용' 횟수의 제한도 있고, 무엇보다 설화를 사용하지 않은 상태의 내 능력치를 확실히 알아볼 필요도 있었다.

우선 능력치 조정부터 좀 해야겠지. 어디 보자.

[체력 Lv.62 → 체력 Lv.90]

[근력 Lv.60 → 근력 Lv.90]

[민첩 Lv.60 → 민첩 Lv.90]

[마력 Lv.62 → 마력 Lv.90]

[모든 종합 능력치가 크게 증가합니다!]

[총 116,400코인을 소모했습니다.]

지출이 엄청났지만 그만한 가치가 있는 일이었다.

[당신의 육체가 인간의 한계를 향해 나아갑니다.]

[가공할 힘이 당신의 육체 속에서 들끓습니다!]

[모든 종합 능력치가 시나리오 제한 기준에 도달했습니다!]

카페인을 주사 맞기라도 한 것처럼 심장이 빠르게 뛰었다. 전신의 아드레날린 수치가 급격히 증가했고, 몸이 깃털처럼 가벼워졌다.

평균 90레벨의 능력치. 현재 화신 중 이만한 능력치를 가진 존재는 아마 없을 것이다. 이건 성좌인 나만 할 수 있는 과소비니까.

"자, 그럼 간다."

나는 거침없이 검격을 퍼부으며 전진했다. 콰지지직. 칼날에 닿은 텐타치오의 몸이 찢어졌다.

"크어어어어!"

그래도 명색이 백작급이라고 쉽게는 쓰러지지 않았다. 남은 마력을 모두 쏟아부어 육체를 강화하고 있는 것 같았다. 설화가 안 먹히는 상황이니 현명한 선택이었다.

"끄아아아아아아!"

텐타치오가 끔찍한 비명을 지르며 발악을 시작했다. 난타전이 벌어지자 내 몸에도 하나둘 상처가 생겨났다. 역시 스킬 없이 싸우면 이 정도구나. 그렇다면 이건 어떨까.

[전용 스킬, '소형화 Lv.3'를 발동합니다!]
[소형화의 효과로 당신의 육체가 줄어듭니다.]

"무슨……!"

[전용 스킬, '책갈피'를 발동합니다.]

"5번 책갈피, '키리오스 로드그라임'을 선택하겠다."

[당신의 육체 구성이 해당 등장인물과 흡사함을 확인했습니다.]
[해당 등장인물의 격이 당신보다 높습니다.]
[활성화되는 스킬의 레벨이 강제로 조정됩니다.]

예전 같으면 여기서 메시지는 끝이다. 그런데 한 줄이 더 있었다.

[당신의 격이 크게 상승하여 해당 인물과의 동조율이 상승합니다.]

31

Episode

시나리오의 무덤

Omniscient Reader's Viewpoint

1

백청의 기운이 심장을 두들겼다. 새 엔진을 장착한 기함처럼 전신이 폭발적인 마력으로 가득 찼다.

[전용 스킬, '전인화 Lv.11(+1)'가 활성화됐습니다.]

격의 상승 때문인지 [전인화] 스킬은 11레벨이 되어 있었다.

본래 모든 스킬은 10레벨이 한계고, 그 이후는 더 좋은 스킬을 배우거나 귀환자처럼 '초월'을 사용하는 수밖에 없다. 그런데 11레벨이라니.

지금 내 [전인화]는 시스템의 한계를 넘어섰다.

고오오오오.

예전만큼 운신이 힘들지도 않았다.

귀환자 키리오스는 강력한 설화급 성좌에 비견될 정도의 힘을 가지고 있다. 예전의 나였다면 그 깊이를 잴 수 없을 만큼 강대한 존재. 그런데 이제 조금이나마 그의 힘이 어느 정도인지 알 것 같았다.

이전에는 키리오스가 절대 닿을 수 없는 고지에 있었다면, 이제는 그가 어디쯤 올라섰는지 어렴풋이 짐작할 수 있을 것 같달까.

텐타치오는 경악을 넘어서 공포에 질려 있었다.

"성좌의 격에 귀환자의 무공? 네놈은 대체 뭐냐!"

나는 내 이름을 말해주려다가, 괜한 심술에 다음과 같이 말해보았다.

"뭐긴 뭐야. 유중혁이라며."

츠츠츠츠츳! [전인화]의 마력이 더해진 '신념의 칼날'에 텐타치오의 몸이 두 쪽으로 찢어졌다. 비산한 전류가 녀석의 팔과 다리를 폭발시켰고, 연이은 검격에 날아간 놈의 머리가 바닥을 굴렀다. 비명을 지를 틈조차 주지 않은 연격. 90레벨에 달하는 마력이 한꺼번에 빠져나가며 옅은 피로가 몰려왔다. 하지만 내 수준은 확실히 알았다.

"크흐…… 네놈…….."

아, 깜짝이야. 떨어진 머리가 말을 하고 있었다.

"화신이…… 성좌가 된다는 게…… 무슨 뜻인지 아느냐?"

갑자기 뭔 개소리야.

"내게 이름을 알려준 일을…… 후회하게 될 것이다…….."

"뭐?"

['악마 백작 텐타치오'가 '죽음의 비명'을 사용했습니다.]
['악마 백작 텐타치오'가 암흑성에 '유중혁'이라는 이름을 전파했습니다.]
[암흑성 랭커들이 '유중혁'이라는 이름을 기억했습니다.]

와, 이건 예상 못 했는데.

[암흑성 랭커들이 화신 '유중혁'을 향해 살의를 품었습니다.]

조금 미안하게 되었다. 하지만 정말로 의도하지는 않았다.
……뭐, 그래. 유중혁도 고생 좀 해봐야지.

[당신은 '악마 백작 텐타치오'를 사냥했습니다!]
[3급 악마종을 다섯 번째로 처치하여 30,000코인을 획득했습니다.]

텐타치오가 죽자 놈의 시체 위로 투명한 문자열이 올라오기 시작했다.
'암흑성' 시나리오부터는 설화를 가진 참가자를 죽여 그 설화를 빼앗을 수 있다. 나는 손을 뻗어 허공의 문자열을 잡아챘다.

[역사급 설화 '벌레 학살'을 획득했습니다.]

부화 중인 41회차의 신유승에게 줄 설화로 이 정도면 충분하겠지. 근데 악마가 지니고 있던 설화를 먹여도 되나? 잘못 먹였다가 애 심성 나빠지는 거 아냐?

[현상금 시나리오를 완수했습니다!]
[성좌, '매금지존'이 당신에게 크게 감사합니다.]
[당신은 '신라 출신 성좌'의 비호를 받을 수 있게 됐습니다.]

신라 출신 성좌의 비호라. 보잘것없어 보이지만, 어쨌거나 성좌다. 인연을 쌓아둔다면 분명 절대왕좌 때처럼 도움받을 날이 올 것이다.

[역사급 설화, '나당 연합군'을 받았습니다.]

……나당 연합군?

[성좌, '매금지존'이 흐뭇하게 웃습니다.]

하긴 역사급 설화를 준다고 했지 좋은 걸 준다고 하지는 않았으니까. 여차하면 신유승에게 먹여도 된다. 정신을 차린 일행들이 뒤쪽에서 하나둘 다가왔다.
"너 진짜……."
"독자 씨, 대체 얼마나 강해지신 겁니까?"

나는 머쓱하게 웃었다. 이현성은 텐타치오에게 당한 자기 어깨를 내려다보다가 물었다.

"2층에는 이런 놈이 많습니까?"

"좀 있겠지만 흔하진 않을 거예요. 아마 이 녀석 랭킹이……."

마침 허공에서 메시지가 들려왔다.

[메인 시나리오 보상으로 50,000코인을 획득했습니다!]

[메인 시나리오 내용이 갱신됩니다!]

[당신들은 암흑성 배치전에서 승리했습니다.]

[당신들이 사냥한 악마는 암흑성 랭킹 10위, '텐타치오'입니다.]

[사냥 공헌도에 비례해 랭킹을 책정 중입니다.]

"10위네요. 그럼 이놈보다 강한 녀석이 최소 아홉은 더 있단 얘기겠죠. 비슷한 녀석은 더 많겠지만."

"아……."

이현성의 표정은 복잡해 보였다. 악마 백작이 10위라는 데 안도한 동시에 낙담하기도 한 듯한 눈빛이었다.

"독자 씨는 이런 녀석과 싸울 수 있을 정도로 강해지셨군요."

"현성 씨도 설화를 마저 계승하면 충분히 싸울 수 있어요. 그리고 저도 이 녀석보다 센 악마한텐 승부를 장담할 수 없고요."

지금 상태로, 설화 개방 없이 상대할 수 있는 것은 백작급까지다. 그나마 놈의 설화가 '벌레 학살'이었으니 이 정도로 쉬웠던 거겠지.

한수영이 자존심 상한 듯 이맛살을 구겼다.

"쳇, 겸손한 척하긴. 지금 사람 기만하냐?"

"너도 전력으로 싸웠으면 해볼 만했을걸? 흑염룡의 설화를 계승하고 있을 거 아냐?"

"설화 내용이 너무 오글거려서 아직 못 했어. 너 내가 애 선택한다고 할 때 일부러 안 말렸지? 나 엿 먹으라고?"

'심연의 흑염룡'의 설화가 뭐였더라…… 잘 기억은 안 나지만, 본래 계약자가 망상악귀 김남운이었음을 고려하면 한수영의 반응도 이해할 수 있었다. 분명 계승하는 것만으로도 수치심을 견디기 힘든 설화겠지.

[사냥 공헌도에 비례해 암흑성 랭킹을 발표합니다!]

마침내 랭킹 책정이 끝났다. 랭킹 성적은 각자 눈앞에 떠오른 창으로 전송되었다.

[당신의 암흑성 랭킹은 11위입니다.]

11위라. 나쁘지 않은 성적이었다. 다들 성적을 확인했는지 표정이 어두웠다. 꼭 수능 성적표라도 받은 듯한 얼굴들이다. 잽싸게 달려온 한수영이 내 랭킹창을 훔쳐보았다.

"야, 너 몇 위……."

'11'이라는 숫자를 본 한수영이 그대로 굳어졌다. 공헌도 차이가 막대하니 아마 지금 한수영과 나는 몇백 위 이상 격차가 있을 것이다.

"혹시 지금 너 죽이면 내가 11위 되는 거냐?"

"넌 몇 원데?"

"안 알려줘. 아무튼 저 아저씨보단 높아."

한수영이 가리킨 곳에는 기절한 김영팔이 있었다.

[화신 김영팔의 암흑성 랭킹은 101,123위입니다.]

101,123위를 기록한 김영팔은 세상모르고 잠들어 있었다.

처음부터 기절해 있던 이지혜와 이길영은 각각 98,761위와 87,541위를 받았다. 이렇게 보니 이상하군. 저 아저씨는 왜 처음부터 기절해 있던 사람보다 등수가 낮지?

"이현성 씨는 몇 위인가요?"

"636위입니다."

목소리가 침울했다. 위로의 말이라도 해야 하나 잠시 망설이는데, 이현성이 선수를 쳤다.

"이런 성적표는 학교 다닐 때 많이 받아봤으니 괜찮습니다. 왠지 더 의욕이 생깁니다."

딱히 걱정할 필요는 없는 듯했다. 하긴 이현성은 구체적인 목표가 생기면 더 정진하는 타입이었지. 곁에 있던 신유승은 나와 눈이 마주치자 화들짝 물러섰다.

"저, 저기 아저씨, 그러니까……!"

재빨리 창을 뒤로 감추는 모습이 꼭 부모님 앞에서 성적표를 숨기는 초등학생 같았다. 나는 격려하듯 말했다.

"당장 몇 위인지가 중요한 게 아냐. 2층에 가면 얼마든지 올라갈 기회는 많으니까. 다 노력하기에 달렸어, 유승아."

젠장, 말하고 보니 이렇게 꼰대 같을 수가 없다. 노력하면 다 잘된다니, 그럴 리가 없지 않은가. 그래도 착한 신유승은 내 충고를 진심으로 받아들였다.

"노력하면 저도 아저씨만큼 강해질 수 있을까요?"

"물론이지. 넌 나보다도 강해질 수 있어."

나는 진심을 담아 말했다. 실제로 신유승은 여기 있는 누구보다 잠재력 있는 화신이었다.

[당신의 성흔이 개화를 앞두고 있습니다.]

[성흔이 될 설화를 선별 중입니다.]

성흔만 전승할 수 있다면 신유승은 폭발적으로 성장할 수 있다. 아니, 성흔이 없더라도 암흑성 2층에서 신유승은 꼭 필요하다. 아이들이 활약할 무대가 마련되어 있기 때문이다. 이현성이 고개를 갸웃하며 말했다.

"그런데 랭킹은 갑자기 왜 주는지 모르겠습니다. 단순히 경쟁을 위한 건지…… 상위 랭크에 올라가면 훈장이라도 받는 건지."

틀린 말은 아니었다. 분명 경쟁을 유도하는 목적도 있겠지.

하지만 암흑성 랭킹 시스템은 그보다 훨씬 근본적인 존재 이유가 있다. 내가 입을 열려는 순간.

[마왕, '격노와 정욕의 마신'이 당신의 존재를 흥미롭게 생각합니다.]
[마왕, '용과 악취의 공작'이 당신들에게 눈독을 들입니다.]
[마왕, '붉은 갈기의 귀공자'가 당신의 설화에 입맛을 다십니다.]

나뿐만 아니라 다른 일행들도 메시지를 받은 듯했다. 성좌들보다 훨씬 끈적하고 불온한 감각이 배어 있는 메시지. 메시지만으로도 격을 알아챘는지 이현성과 신유승의 낯빛이 무겁게 가라앉았다.

특히 예전에 '마왕의 저주'를 받은 적 있는 한수영은 두려움에 질려버린 표정이었다.

마왕.

저 하늘의 별들에 '격'으로 비견될 수 있는 극소수 악마들.

이 시나리오의 마지막에서, 우리는 마왕과 싸우게 될 것이다.

¤ ¤ ¤

"가아아아아악!"

악마종의 머리를 베어낸 칼날이 아름다운 곡선을 그리며 유중혁의 손아귀로 되돌아왔다.

'……설화가 없는 놈이었군.'

이미 2층에 오른 유중혁은 본격적인 랭킹 작업에 착수해 있었다. 여느 때처럼, 그의 머릿속에는 앞으로의 계획이 훈련 일과표처럼 빼곡하게 정렬되어 있었다.

「3층에 오르려면 먼저 사천왕을 구해야 한다.」
「최상위 랭커들은 같은 편으로 만들 필요가 있다.」
「2층에 십악 중 하나가 있어. 놈과는 부딪치지 않는 편이 낫겠군.」
「이 기세로 설화를 모은다면, 아마 나흘 안에…….」

허공에서 메시지가 들려온 것은 그때였다.

[누군가가 '죽음의 비명'으로 당신의 이름을 전파했습니다.]
[암흑성 랭커들이 당신의 이름을 기억했습니다.]
[암흑성 랭커들이 당신을 경계합니다.]
[암흑성 랭커들이 당신의 설화를 노릴 것입니다.]

유중혁은 난데없는 메시지에 인상을 찌푸렸다.
'갑자기 내 이름이 알려졌다고?'
이상한 일이었다. '죽음의 비명'은 악마종의 저주였다. 그런데 아직 그런 능력을 사용하는 악마를 죽인 적은 없는데? 곁에 있던 유미아가 볼을 부풀리며 물었다.
"왜 그래, 오빠?"
"아무것도 아니다."

잠시 망설이던 유중혁이 덧붙였다.

"……아무래도 그 녀석이 또 귀찮은 짓을 벌이고 다니는 것 같다."

"그 녀석?"

"그런 놈이 있어."

유미아는 자신의 오빠를 가만히 지켜보았다. 투덜거리는 어조에 분명 평소와는 다른 뉘앙스가 담겨 있었다. 쌀눈만큼 작은 변화였지만 유미아는 알아챌 수 있었다.

유중혁은 그의 하나뿐인 오빠니까.

"그 못생긴 아저씨 얘기지?"

"……."

"오빠는 그 아저씨 얘기할 때 즐거워 보여."

당황하던 유중혁이 싱글싱글 웃는 동생에게 날카롭게 쏘아 붙였다.

"착각이다."

"그런가?"

유미아는 유중혁을 보며 가만히 웃을 뿐이었다. 인상을 찌푸린 유중혁이 뭐라고 말하려다가 입을 다물었다. 다음 순간, 유중혁의 전신에서 살벌한 기운이 흘러나왔다. 혹시 화난 건가 싶어서 말을 붙이려는데 유중혁이 먼저 입을 열었다.

"그만 엿듣고 나오지. 죽여버리기 전에."

그 말에 공간의 일부가 경직되는 느낌이 들더니, 갈라진 공간 사이로 하늘하늘한 사람의 형상이 나타났다. 케이프를 쓴

여자였다.

"미안해요. 일부러 그런 건 아니었어요."

"누구냐?"

"저예요, 유중혁 씨."

케이프를 벗자 의외의 인물이 모습을 드러냈다. 유중혁도 아는 얼굴이었다. 얼마 전에 그가 구해준 존재이기 때문이다.

"……유상아?"

성운 〈올림포스〉의 후원을 받는 화신, 유상아가 그곳에 있었다.

2

일주일 만에 만난 유상아는 한층 수척해 보였다. 하지만 눈빛에 드러난 총기는 여느 때보다 눈부셨다.

"꽤 좋은 설화를 계승한 것 같군."

유중혁이 '진천패도'를 쥐었다. 암흑성 2층은 다른 이의 설화를 빼앗기에 적절한 무대. 그리고 유상아의 설화들은 충분히 빼앗을 가치가 있었다.

'이 여자도 전 회차에서는 없던 인물.'

지난번에는 사정이 있었지만 언제까지 불안 요소를 방치할 수는 없다. 변수는 김독자 하나로도 충분히 버거우니까. 그러자 유상아가 가볍게 양손을 들며 물러섰다.

"싸우러 온 게 아니에요."

"그럼 왜 왔지?"

"도움이 필요해요."

"나와 더는 얽히지 말라고 했을 텐데. 그때 너를 구해준 것은 김독자에게 빚을 갚기 위해서였을 뿐이다."

"그 김독자 씨와 관련된 일이에요."

"……무슨 뜻이지?"

주변을 압박하는 기운이 사라지자, 짧게 숨을 들이켠 유상아가 입을 열었다.

"이번 시나리오에서 독자 씨는 죽을 거예요."

김독자가 죽는다? 유중혁은 피식 웃었다.

"김독자는 부활 능력이 있어. 전에 말해준 것 같은데, 제대로 안 들었나 보군."

유중혁은 이제 김독자의 능력을 어느 정도 짐작하고 있었다. 무한한 부활은 아니겠지만, 적어도 몇 번은 더 살아날 수 있을 것이다. 그러니 김독자의 목숨이 위협받을 일은 당분간 없다.

"지금쯤 살아났을 텐데, 아직 놈을 못 만난 모양이지?"

이번에는 유상아의 눈빛이 흔들렸다. 그녀는 굴하지 않고 다시 입을 열었다.

"그런 의미가 아니에요. 이대로 내버려두면, 독자 씨는 '정말로' 죽어요."

"그걸 네가 어떻게 알지?"

"봤으니까요."

"봤다고?"

다음 순간, 유상아의 뒤쪽에 거대한 실타래가 나타났다.

'아리아드네의 실타래'도, '아라크네의 거미줄'도 아니었다.

자세히 보니 섬유로 만들어진 실이 아니었다. 아주 작은 문자열. 무수한 이야기로 만들어진 끈. 세상의 설화를 모아 거대한 운명을 직물처럼 수놓은 그 형상을, 유중혁은 알고 있었다.

알기에 놀라지 않을 수 없었다.

왜냐하면 그것은 운명의 3여신, '모이라이Moerae'의 심볼이었으니까.

유중혁이 짓씹듯 말했다.

"설마 성좌들의 예언을 훔쳐본 거냐?"

유상아는 머뭇거리다 고개를 끄덕였다. 유중혁이 다그쳤다.

"네가 무슨 짓을 한 건지 알고 있는 거냐? '운명'은……."

"알아요! 그래서 도움을 요청하는 거예요. 유중혁 씨."

유중혁의 머릿속이 복잡해졌다. 모이라이의 '운명'은 단순히 미래를 보고 점지하는 힘이 아니었다. 오히려 '빅 데이터'를 통해 내놓은 '결론'에 가까웠다. 존재하는 문자열의 조합으로 예측된 '가장 합당한 미래'.

이렇게만 보면 '운명'은 절대적이지 않고 얼마든 바꿀 수 있는 것 같지만 결코 그렇지 않았다.

지금까지 〈올림포스〉의 예언은 단 한 번도 틀린 적이 없었으니까.

심지어 〈올림포스〉의 주신인 제우스조차 그 '운명'을 벗어나지 못한다.

운명이 시작된 순간, 〈올림포스〉 전체의 개연성은 그것을 실현시키는 데 쓰이기 때문이다.

"제발 독자 씨를 막아줘요. 그러지 않으면……."

애타는 말은 이어지지 못했다. 유상아의 전신을 덮친 스파크가 그녀의 입을 막았다. 그러나 유중혁은 그녀의 뒤쪽 허공에 수놓인 실타래의 문자열을 똑똑히 확인할 수 있었다.

「화신 김독자는 가장 사랑하는 존재에 의해 죽게 될 것이다.」

⌘ ⌘ ⌘

"평원 크기가 엄청난데?"

"여기가 정말 '암흑성' 맞습니까?"

이현성은 감탄했다는 듯 끝이 보이지 않는 지평선을 응시했다. 광활한 평원 곳곳에 펼쳐진 밀림. 불길한 기운을 품은 새카만 강이 평원의 중심을 양단하며 도도히 흐르고 있었다.

저 강이 아마 마계의 지류인 '포이닉스'일 것이다.

마침내 암흑성 2층에 도착했다.

"맞습니다. 여기가 2층이에요. 1층과 완전히 다른 곳이죠."

신규 시나리오가 진행되는 1층과는 달리, 암흑성 2층에서는 아주 오래전부터 진행 중인 시나리오가 있었다.

멀리 무리를 지은 화신들이 보였다.

우리와 함께 신규로 진입한 서울의 화신인 듯했다. 우리를 보고도 별다른 움직임을 보이지 않았는데, 자세히 보니 도깨비에게서 가이드를 듣고 있었다.

[……하여, 새로 2층에 올라오신 화신 여러분, 모두 축하드리오. 이곳 '무저갱 평원'은 여러분이 무엇이든 될 수 있는 기회의 장이 될 것이오.]

이제까지 보지 못한 특이한 말투의 도깨비였다. 얼굴에 번진 주름과 눈에 띄게 노화한 외형. 굉장히 오래전부터 관리국에 종사한 도깨비인 듯했다. 무저갱 평원의 시나리오를 맡고 있다면 그럴 법도 했다.

이곳의 시나리오는 보통 좌천된 도깨비가 맡게 되니까.

나는 스마트폰을 켜서 멸살법에서 암흑성 2층에 관한 정보를 찾아냈다.

「무저갱 평원. 도깨비들은 그곳을 '시나리오의 무덤'이라 부른다.」

시나리오의 무덤. 그 표현을 읽자 새삼 감회가 새로워졌다. 벌써 내가 여기까지 왔구나. 도깨비의 말을 듣던 한수영이 입을 열었다.

"또 지랄이네. 기회는 빌어 처먹을. 틈만 나면 난이도 조절이니 뭐니 개처럼 굴려댈 거면서."

한수영뿐만 아니라, 도깨비의 감언이설에 익숙해진 다른 화신들도 불신 가득한 얼굴로 노려볼 뿐이었다. 벌써 아홉 번째 시나리오까지 온 마당에 기회니 어쩌니 하는 소리가 곱게 들릴 턱이 없었다.

그 말을 들었는지는 모르겠지만 늙은 도깨비가 빙긋 웃으며 말했다.

[걱정 마시오. 이번 시나리오에서 도깨비들의 간섭은 없을 것이오. 시나리오가 재미있든 없든, 결코 이야기에 손대지 않을 테니까.]

화신들이 웅성거렸다. 지금까지 도깨비가 그런 말을 한 적은 없었으니까.

언제나 더 자극적인 이야기를 원하는 도깨비들이 왜 갑자기 '이야기'에 간섭하지 않는다는 것일까?

"대체 무슨 꿍꿍이야?"

[다들 그간의 시나리오에 지치셨다는 걸 알고 있소. 하지만 내 말은 진실이오.]

[갱신된 메인 시나리오가 도착했습니다!]

〈메인 시나리오 #9 - ???〉

분류: 메인

난이도: ???

클리어 조건: ???

제한 시간: —

보상: 없음

실패 시: ―

　모든 조건이 비공개인 데다 제한 시간도 실패 조건도 없는 시나리오. 이런 시나리오를 받아본 적 없는 화신들은 크게 당황했다.

　"뭐야? 아무것도 공개 안 하면 어쩌란 건데?"

　"또 엿 같은 시나리오로 우리 엿 먹이려는 거지?"

　과격한 반응에도 도깨비는 넉넉하게 웃을 따름이었다.

　[지금까지 그대들은 무엇을 위해 달려왔소? 가족이나 친구를 위해? 강해지기 위해? 아니면 남들 위에 군림하기 위해? 각자 답은 있겠지. 하지만 내 생각에 그건 모두 거짓말일 거요. 왜냐하면 당신들은 그저 '시나리오를 수행하기 위해' 여기까지 왔을 뿐이니까.]

　생을 일축하는 말에, 화신들 눈빛이 흔들렸다. 늙은 도깨비가 계속해서 말했다.

　[하지만 앞으로의 시나리오는 그런 마음만으로 이겨내기 어렵소. '스타 스트림'은 그런 화신을 원하지 않거든. 그렇기에 이번 시나리오는 그대들에게 아무것도 요구하지 않을 것이오.]

　아무것도 요구하지 않는 시나리오. 화신들이 몸을 부르르 떨었다.

[제한 시간도, 실패 조건도 없소. 실패할 것이 없기 때문이지. 클리어 조건은 스스로 찾으시오. 이야기를 진정 원하는 존재만이 앞으로 나아갈 수 있을 것이오. 후후, 과연 몇 명이나 그런 선택을 할지는 의문이오만…… 부디 그대들이 이 '무덤'에 잠들지 않기를 기원하겠소.]

그 말을 마지막으로 도깨비는 사라졌다. 갑자기 목적을 잃어버린 화신들이 웅성거리며 소음을 만들었다. 기이한 풍경이었다. 지금까지 겪은 어떤 시나리오보다 더 '평화로운' 시나리오인데 다들 어딘지 불안해 보였다. 불가능한 목표가 있을 때가 더 행복했다는 것처럼.

"독자 씨? 이건 대체……."

이현성 또한 몹시 당황한 눈치였다.

조금 전까지 랭킹을 올리겠다며 전의를 불태웠는데 갑자기 '클리어 조건이 없는' 시나리오가 등장해버렸다. 그로서는 허탈할 수밖에 없을 것이다. 안 그래도 조금 걱정되긴 했다.

어쩌면 이번이 우리 일행에게 가장 위험한 시나리오일지도 모르니까. 입을 열려는 순간, 등 뒤에서 꿈지럭대는 기척이 났다.

"으…… 여기 어디야."

기절했던 이지혜와 이길영이 깨어났다.

¤ ¤ ¤

이지혜는 98,761위라는 어마어마한 랭킹을 확인한 뒤 절망에 빠졌다.

"모의고사에서도 이런 등수는 받아본 적 없는데……."

물론 거짓말이다. 멸살법 설정에 따르면 이지혜는 공부를 못한다.

"……독자 형?"

나를 보자마자 메뚜기처럼 펄쩍 뛴 이길영은 이내 공벌레처럼 몸을 웅크리고 침착함을 가장했다.

"역시 살아 있을 줄 알았어요. 전 끝까지 형 믿었거든요!"

이지혜가 코웃음을 쳤다.

"뭐래, 요 꼬맹이가. 너 그때 콧물 질질 흘리면서 울었잖아."

"안 울었거든?"

이길영은 끝까지 자신이 운 적 없다고 항변하며, 당연히 내가 살아날 줄 알고 있었다고 주장했다. 그러나 십 분 뒤, 눈가가 그렁그렁해진 이길영은 다시 감정을 주체하지 못하고 "혀어어어어엉!" 하고 외치며 내 다리에 매달렸다.

"……시나리오가 없는 시나리오?"

설명을 전해 들은 이지혜는 그게 무슨 개소리냐는 얼굴로 이쪽을 보았다.

"그런 걸 어떻게 깨?"

고민하던 이현성이 말했다.

"다른 의도가 숨겨져 있지 않을까? 숨겨진 조건을 찾으면 시나리오를 클리어할 수 있을 거야."

"그렇겠지? 다들 합심해서 찾아보면⋯⋯."

의기투합하는 이현성과 이지혜를 보자 쓴웃음이 나왔다.

역시 이럴 때는 단순함이 도움이 된다. 하지만 모두 두 사람처럼 단순한 추진력을 가진 것은 아니다.

"저⋯⋯ 꼭 클리어해야 합니까?"

펑키즈 김영팔이었다. 이지혜가 물었다.

"뭐야 저 여자는?"

"그냥 어쩌다 보니 같이 온 여⋯⋯저씨야."

나는 설명하기 귀찮아서 대충 얼버무렸다. 갑자기 사십대 아저씨라고 말해도 믿지 않을 테니까. 김영팔은 반쯤 풀린 눈빛으로 더듬거리며 말했다.

"그, 그냥 이대로 가만히 있는 것도 꽤, 괜찮지 않습니까? 꼭 클리어해야 하는지⋯⋯."

"갑자기 뭔 개소리야?"

"여, 여러분은 이 시나리오들 끝에 뭐가 있는지 아십니까?"

예상치 못한 곳에서 본질을 꿰뚫린 느낌이었다. 설마 저 아저씨가 그런 생각을 할 줄이야. 당황한 이지혜가 되물었다.

"뭐?"

"시나리오를 계속 수행하는 것이 우리에게 좋을지, 나쁠지는 모르지 않습니까. 우린 시나리오 속에서 성좌들 장난감이 될 뿐이에요. 심지어 이번 시나리오를 클리어한다 해도, 다음 시나리오는 또 어떨지 모르고요. 우린 어, 언제든 죽을 수 있습니다."

일행들 표정이 심란해졌다. 생각해보면 그 말이 맞기 때문이다. 시나리오들이 어떻게 끝날지 아는 사람은 없다. 누가 어디서 어떻게 죽을지는 아무도 모른다. 모두 '클리어하지 않으면 죽기 때문에' 여기까지 달려왔을 뿐이다.

그런데 이 시나리오에는 실패 조건도 제한 시간도 없다. 입술을 꾹 깨문 이지혜가 외쳤다.

"그래서 어쩌자고? 여기 남아 있겠다는 거야? 여기가 어딘 줄 알고? 악마 놈들도 돌아다니고, 안전한 곳이라곤 전혀⋯⋯!"

이지혜가 채 말을 마치기도 전에, 평원 건너편에서 대형 악마종이 몰려오기 시작했다. 척 보기에도 5급 이상 악마종. 이지혜가 그럴 줄 알았다는 듯 웃었다.

"저 봐, 벌써 오잖아."

"모두 모여요!"

근방에 있는 화신들이 빠르게 우리 근처로 모였다. 다가오는 녀석들은 4급 악마종 '데빌 베어'였다. 대략 스무 마리. [전인화]를 사용하고 일행들과 힘을 합친다면 충분히 이겨낼 수 있는 숫자였다.

물론 내 힘을 모르는 다른 화신들은 절망한 모습이었다.

"또 저런 괴물이⋯⋯."

'데빌 베어' 건너편에서 빛줄기가 쏟아진 것은 그때였다. 눈부신 홍염. 성스러운 불꽃의 길이 열리며 뒤쪽 악마들이 비명을 질렀다.

무려 4급 악마종을 도륙할 정도의 위력. 저 성혼은 틀림없이……

"언니!"

이지혜가 소리쳤다. 역시나 그 불꽃은 정희원의 [지옥염화]였다. 멀리서 우리를 발견한 정희원이 깜짝 놀란 표정을 지었다. 특히 살아 있는 내 모습을 보고서는 거의 경악한 듯한 눈빛이었다. 내가 어색하게 손을 흔들자 정희원이 멈칫하며 고개를 끄덕였다.

그 순간 묘한 위화감이 스쳤다.

……뭐지?

자세히 보니 정희원은 '블랙 유니콘'을 타고 있었다.

저 괴수종을 어떻게 길들였지?

정희원과 함께 '블랙 유니콘'을 모는 몇몇 이가 악마종을 격퇴하며 빠르게 이쪽으로 달려왔다. 정희원을 알아본 화신들이 이름을 연호했다.

"멸악의 심판자다!"

정희원이 가까운 거리까지 다가오자 이지혜가 달려갔다.

"언니, 역시 살아 있었군요! 여기 먼저 와 있었던 거예요?"

"지혜야. 미안한데 이따가 얘기하자."

떠드는 이지혜를 뒤로하고 정희원은 등을 돌렸다. 시무룩해진 이지혜가 내 곁으로 터덜터덜 걸어왔다. 정희원은 이미 이런 일이 익숙한지 자연스러운 동작으로 사람들을 인도했다.

"모두 따라오세요! 안전한 곳으로 안내하겠습니다!"

안전한 곳? 좀 전의 위화감이 더욱 짙어졌다.

정희원의 압도적인 무력에 경이를 느낀 화신들이 홀린 듯 뒤따랐다. 우리도 별수 없이 그들을 따라갔다. 한 시간쯤 평원을 가로질렀을까. 밀림 지대 사이에 숨어 있던 성벽이 모습을 드러냈다.

어떤 악마종도 넘을 수 없을 것처럼 든든한 성벽. 그 모습에 화신들이 넋을 잃고 있는데, 어디선가 목소리가 들려왔다.

―환영합니다. 이곳까지 오시느라 힘드셨죠? 고생하셨습니다. 이제 여러분은 안전합니다.

사람들이 웅성거렸다. 정희원이 복잡한 눈빛으로 나를 보고 있었다. 그 순간, 나는 어떻게 된 일인지 깨달았다.

빌어먹을. 그렇구나. 여긴 '그 녀석'의 성채였어.

성벽 위로 한 사내가 모습을 드러냈다. 그곳에 존재하는 것만으로도 이곳 주인임을 확신케 하는 외모. 세상에서 가장 평화로운 절망을 품은 악마가, 우리를 내려다보며 웃었다.

―여러분은 이제 시나리오를 수행하실 필요가 없습니다.

성벽에 모인 화신들이 신경을 곤두세웠다.

"저게 대체 무슨 소리지?"

어떤 사람은 그 말에 귀를 기울였으나 대부분은 그렇지 않았다.

「보나 마나 사기꾼이겠지.」

「……말이 되는 소리를 해야지. 뭐? 시나리오를 수행할 필요가 없어?」

「저놈이 보상을 독식하려는 계략일 거야.」

아홉 번째 시나리오까지 살아남은 화신들이었다.

금호역의 천인호나 충무로역의 공필두 외에도 서울에는 수많은 사기꾼이 있었다. 그리고 이곳 화신들은 그런 협잡꾼 중 하나이거나, 협잡꾼을 물리치고 온 자들이었다.

그러니 저런 감언이설에 쉽사리 당할 리 없었다. 마치 그 생각을 읽었다는 듯 흉벽 위 사내가 입을 열었다.

―믿지 않으시겠지요. 이해합니다. 아홉 번의 시나리오는 결코 긴 시간이라 할 수 없지만, 짧다고 할 수도 없으니까요. 여러분이 어떤 일을 겪으며 어떻게 이곳까지 왔을지, 충분히 짐작합니다.

사기꾼이 되는 첫발은 상대방을 이해하는 척하는 것이다. 하지만 그런 '척'에는 이미 신물이 난 사람들이었다.

"또 그런 말에 속을 것 같아?"

"대체 목적이 뭐야? 무슨 말을 하고 싶은 건데?"

참지 못한 사람들이 먼저 소리쳤다. 사내가 희미하게 웃었다. 도저히 사기꾼이라고는 생각할 수 없을 정도로 아름다운 미소였다.

―말 그대로입니다. 여러분은 이제 싸우실 필요가 없습니다. 도깨비에게 설명은 들으셨을 겁니다. 이곳 '암흑성'의 시

나리오는 제한 시간도, 실패 조건도 없습니다. 똑똑하신 분이라면 무슨 뜻인지 벌써 파악하셨겠죠.

곁에 있던 핑키즈 김영팔이 낮게 침음했다.

—여러분은 이 '시나리오 지역'에서 계속 살아가실 수 있습니다. 예전과 같은 식사를 하고, 늦잠을 자고, 자기가 원하는 일을 하며 살아가실 수 있습니다. 생명권을 존중받고, 시나리오를 클리어해야 하는 강박을 잊은 채로…… '멸망'이 시작되기 전의 삶을 영위하며 이곳에서 남은 생을 마칠 수 있습니다.

"생명권? 개소리하지 마!"

"악마들이 우글거리는 곳에서 어떻게 살란 거야?"

"우린 돌아가야 할 곳이 있다고!"

사람들이 악을 썼다. 그러자 사내가 물었다.

—돌아간다? 어디로 돌아가시려는 겁니까?

"당연히 우리가 살던 곳으로……."

—설마 그 멸망한 '행성'을 말씀하시는 겁니까?

"며, 멸망했다니! 아직 아니라고!"

—이미 다들 알고 계실 텐데요. '시나리오'가 시작된 순간, 여러분의 행성은 오직 '멸망'을 향해 걸어갈 뿐입니다. 그곳으로 돌아가봤자 폐허만 보시게 될 겁니다. 시나리오를 넘고, 또 넘어도…… 결국 여러분이 마지막에 맞이하실 것은 파멸이란 말입니다.

"넌 누군데 그런 말을 하는 거야! 네가 뭘 안다고—"

—압니다. 제가 살던 행성도, 이미 오래전에 '시나리오'로

멸망했으니까요.

술렁이던 군중이 동시에 잠잠해졌다. '시나리오'로 고향을 잃은 존재. 여기 있는 그 누구보다 더 오랫동안 '암흑성'에 머무른 사내가, 지금 그들을 향해 말하고 있었다.

—그렇기에 저는 자신 있게 말할 수 있습니다. 지금 여러분이 계신 이곳보다 안전한 세계는, '스타 스트림' 그 어디에도 없다고.

처음으로 사람들 기세가 약해졌다. 여전히 눈빛에 불신이 그득했지만, 적어도 이야기를 들어보기는 하자는 분위기가 만들어지고 있었다. 누군가가 커다란 목소리로 물었다.

"당신은 대체 누굽니까?"

—제 이름은 라인하이트 폰 제르바. 여러분보다 팔백 년 일찍 이 땅에 온 사람이자…… 여러분이 보고 계신 이 성채, '낙원樂園'의 주인입니다.

성채 문이 활짝 열렸다. 그 안쪽 풍경을 확인한 사람들 표정이 변해갔다. 라인하이트가 환한 미소로 말을 맺었다.

—다시 한번 환영합니다, 여러분. 이곳 '낙원'에 오신 것을.

✿ ✿ ✿

낙원. 멸살법에도 낙원에 관한 언급은 무수히 많았다.

시나리오의 무덤. 화신들의 둥지. 절망의 평원에 핀 꽃……
많은 존재가 이곳을 다양한 수사로 묘사했다.

실제로 그 수사는 대부분 사실이었다.

"이런 곳이 있었다니……."

나를 제외한 일행들은 눈앞에 펼쳐진 '낙원'의 정경에 넋이 나가 있었다. 이지혜, 이길영, 신유승, 심지어는 이현성까지. 특히 이현성은 이 광경이 믿기지 않는 듯 몇 번이고 눈을 비볐다.

중앙 대로를 중심으로 양쪽에 형성된 주택가와 시장가. 시끌벅적하게 움직이는 사람들 목소리는 활기로 가득 차 있었다.

"악바구미 다리 팝니다! 한 점 맛보고 가세요! 피로 해소에 좋아요!"

"농원에서 재배한 산초 열매 팝니다! 체력회복제로 유용합니다!"

시장 상인은 친절했고, 물건값을 깎는 손님은 만족하며 셈을 치렀다. 다양한 종족, 다양한 국적의 사람이 모여 있지만, 누구도 차별하거나 위협하는 기색은 보이지 않았다.

갑작스레 닥쳐온 생경한 분위기에 성채에 입장한 화신들은 모두 당혹스러운 얼굴이었다.

"이게 대체……."

조금 전까지만 해도 '낙원'이니 '평화'니 하는 말은 개소리에 불과했다. 그런데 그 개소리가, 현실적인 양감으로 눈앞에 존재하고 있었다.

"……낙원이라고?"

어떤 사람은 너무 놀라 바닥에 주저앉았다. 병장기를 떨어뜨린 채 숨을 헐떡이는 사람도 보였다. 그런 이들에게 친절한 손길이 쏟아졌다.

"괜찮으신가요? 다치신 분은 모두 이쪽으로 오세요! 낙원의 진료소는 부상자를 무상으로 치료합니다!"

"무기술과 심법을 가르쳐드립니다! 에테르와 마력의 차이를 알고 싶으신 분, 남들 다 쓰는 검기를 쓰고 싶으신 분! 누구든 환영합니다!"

낙원의 존재들은 나눔을 아끼지 않았다. 자신이 가진 지식을 가르쳤고, 누군가를 돕는 것을 미덕으로 여겼다. 심지어는 종을 넘어서는 교류도 보였다. 머리에 뿔이 달린 악마종이 헤벌쭉 웃으며 이쪽을 향해 손을 흔들었다.

"아, 악마종이다!"

놀란 화신 몇몇이 병장기를 쥐자 대기 중이던 경비대가 재빨리 다가왔다.

"그거 집어넣으세요."

"무슨 소리야! 저놈은 악마 새끼……!"

"이곳에서 그런 혐오 표현은 금지되어 있습니다. 저분도 엄연한 낙원의 주민이에요."

"주, 주민이라고?"

당황한 화신들이 머뭇거리자 손을 흔든 악마가 다가왔다.

"저는 악마종이 맞습니다만 여러분을 해치지 않습니다. 악마는 당연히 인간을 잡아먹을 거란 편견이 저를 슬프게 만드는군요."

감수성 풍부한 말투에 화신들이 멍해졌다. 대체 이게 어떻게 돌아가는 건지 알 수 없다는 눈빛이었다. 비슷한 광경은 연이어 나타났다. 악마종과 인간과 인외종이 힘을 모아 집을 짓는 광경, 어깨동무하고 술집에 가거나 야외 테라스에 나란히 앉아 식사하는 모습…….

종종 이쪽을 향해 환영의 제스처를 보내는 이도 있었다.

[등장인물 '이현성'이 주변 풍경에 동요합니다.]
[등장인물 '이지혜'가 주변 분위기에 동요합니다.]

심경이 실시간으로 전해졌다. 시나리오가 시작된 후 처음으로 마주한 평화. 마음이 흔들린다 해도 이상한 일은 아니었다. 평범하게 살아오던 사람들이 칼 좀 들었다고 해서 본질이 바뀌지는 않는다.

모두 불가항력의 결과였을 뿐. 그리고 지금 일행들은 처음으로 그 '불가항력'에서 벗어날 수 있다는 유혹을 받는 중이었다.

멀리 정희원이 보여서 그쪽으로 다가가보니 누군가와 이야기를 나누고 있었다. 본 적 있는 여자였다.

"그땐 정말 고마웠습니다. 감사하다는 말씀도 제대로 못 드리고……."

"아니에요! 잘 지내시는 것 같아서 다행이네요."

정희원과 말을 나누던 젊은 여자가 내 쪽을 흘끗 보더니 눈을 크게 떴다. 감정의 양상은 빠르게 바뀌었다. 놀라움으로,

두려움으로, 그리고 이내는……

"혹시 저 남성분……."

"아, 독자 씨."

"역시 그때 그분이시군요! 구해주신 은혜, 지금까지 잊지 않고 있습니다."

처음에는 긴가민가했는데, 여자의 손을 잡은 어린아이를 보자 기억이 떠올랐다.

"아, 혹시 금호역에서……?"

"기억하시는군요? 다영아, 너도 인사드려야지."

"안녕하세요……."

금호역에서 철두파와 함께 싸운 모녀였다.

우리 일행과 합류하지 않아 마음에 걸렸는데 용케도 지금까지 살아남은 모양이다. 모녀는 이곳 농원에서 캔 열매라며 바구니를 한 아름 안겨주었다. 괜찮다며 한사코 거절해도 소용없었다.

"그때 도움받지 못했다면 여기까지 오지도 못했을 테니까요. 덕분에 다시 시작할 수 있었어요. 정말로 감사드립니다."

새로운 터전을 찾은 모녀는 자신들의 생활을 되찾은 것처럼 보였다. 모녀의 뒷모습을 보며 새삼 금호역의 기억이 떠올랐다.

더 많은 사람을 살려야 했다는 후회, 그때는 그게 최선이었다는 비겁한 자기합리화. 멀어지던 아이가 문득 고개를 돌려 내 쪽을 보았다. 배시시 번지는 아이의 미소를 보며 온화한 죄책감이 몰려왔다.

내가 베푼 위선에는 과분한 보답이었다.

정희원도 같은 기분을 느끼고 있을까. 모녀를 함께 바라보던 정희원이 말했다.

"부활한 거 축하해요. 이번엔 좀 오래 걸렸네요."

"너무 담백한 반응 아닙니까? 지혜랑 길영이는 울고불고 난리 났는데요."

"나도 그래볼까요?"

"바라지도 않습니다."

피식 웃으며 돌아보니 정희원의 얼굴에 수심이 어려 있었다. 무슨 말을 해야 할지 망설이는 찰나, 그녀가 먼저 입을 열었다.

"……독자 씨, 잠깐 둘이서 얘기 좀 할 수 있을까요?"

☒ ☒ ☒

정희원이 이곳에 온 것은 나흘 전이었다.

[지옥염화]의 힘으로 최단 시간에 1층을 클리어하고는 누구보다 빠르게 2층으로 올라왔다. 그리고 낙원에 도달했다. 시나리오의 족쇄를 벗을 수 있는 장소라니. 당연히 정희원은 그 말을 믿지 않았다.

첫째 날은 모든 것을 불신했고, 둘째 날은 모든 것을 의심했다. 흔들린 것은 셋째 날부터였고, 불행하게도 나는 넷째 날에 찾아왔다.

"갑자기 시나리오를 계속 수행하는 게 무슨 의미가 있을까 하는 생각이 들었어요."

정희원은 세뇌 따위를 당한 게 아니었다. 애초에 낙원은 존재 자체가 달콤한 마약이니까. 나는 쓰게 웃으며 물었다.

"너무 빨리 흔들리신 거 아닙니까?"

"……어쩌면 줄곧 그래왔는지도요."

정희원도 쓴웃음을 지었다.

"이거 놔! 코인 내면 되잖아! 훔친 값 치를 테니, 이거 놓으라고!"

거리를 걷는 동안 성채 경비대에게 끌려가는 범죄자들이 종종 보였다. 개중 몇몇은 나와 함께 성채에 진입한 자였다. 보아하니 손버릇을 못 버리고 타인 물건에 손을 댄 듯했다.

끌려가는 사내를 보며 정희원이 말했다.

"이곳은 서울보다도 치안이 좋아요."

"그래 보이는군요."

"여러 종이 서로 차별하지도 않고, 힘든 일이 있을 땐 서로 도와요. 모두 살 집이 있고, 일할 터전이 있어요."

변명이라도 하는 듯한 말투였다.

"동료에게 배신당할 일도 없고, 밤에 나타난 괴수를 걱정하지 않아도 돼요."

나는 정희원을 가만히 바라보았다.

멸악의 심판자. 이 세계에 들어와, 내가 손수 키워낸 검. 아마도 정희원은 우리 일행 중 가장 많은 사람을 죽였을 것이다. 나의 '불살'을 지켜주기 위해서 모든 것을 '몰살'해야 했던 사람.

"시나리오에 쫓기듯 살지 않아도 돼요. 누군가를 죽였다는 이유로 악몽을 꾸지 않아도 돼요. 그리고 이제……."

정희원은 잠시 말을 잇지 못하고 나를 보았다. 그리고 이내 시선을 회피하듯 말을 맺었다.

"누군가를 잃지 않아도 돼요."

가장 단단한 검은 가장 부러지기도 쉽다. 단단하다는 이유로 제일 많이 휘두르게 되니까. 가장 많이 상처받고, 가장 이가 많이 빠진다. 그렇기에 어떤 검보다 빨리 망가진다.

"이곳이 좋다면 남으셔도 됩니다."

내 말에 정희원의 눈빛이 흔들렸다. 나는 그 눈을 보며 말을 이었다.

"저도 이곳이 안전하다고 생각합니다."

거짓말이 아니었다.

"'암흑성'에서 이곳보다 안전한 장소는 없습니다. 아니, 어쩌면…… '시나리오' 전체에서도 이만큼 안전한 곳을 찾기는 쉽지 않을 겁니다."

인정하기 싫지만 사실이었다. 실제로 낙원은 그런 땅이니까.

"혹시 독자 씨는……."

무슨 말을 할지 알았기에 서둘러 답했다.

"네, 저는 머무르지 않을 겁니다."

"왜죠?"

"여기는 '끝'이 아니니까요."

"……독자 씨는 미래를 안다고 했죠."

정희원과 극장 던전에서 이야기 나눈 적이 있었다.

그때 정희원은 자신이 미래에 어떻게 되느냐 물었고, 나는 그녀가 미래에 존재하지 않았다고 말해주었다. 왜냐하면 그녀는 원작에 언급되지 않은 인물이니까.

내가 미래를 모르는 등장인물.

"저는 시나리오를 계속해야 합니다."

정희원은 가벼운 한숨으로 대답을 대신했다. 우리는 낙원의 사람들을 바라보았다. 웃고, 떠들고. 되찾은 생활에 기뻐하는 사람들.

"독자 씨가 생각하는 '끝'은 어딘가요?"

"그건 말할 수 없습니다."

"그럼 그 '끝'은…… 이곳보다 더 나은 곳인가요?"

다른 사람도 아닌 정희원이 물었기에 쉽게 대답할 수 없었다.

"시나리오를 계속하지 않으면 모두 불행해져요?"

내가 바라는 이야기의 결말이 정말로 모두에게 낙원보다 아름다운 장소라 말할 수 있을까. 정말로 결말에 도달하면, 모든 인물들이 행복해질 수 있을까.

우리는 말없이 하늘을 올려다보았다.

분명 그곳에 소중한 무언가가 있었던 것 같은데, 그게 뭐였는지 잊어버린 느낌이었다. 잠깐의 꿈에서 깨어났다는 듯 정희원이 입을 열었다.

"이곳 성주가 독자 씨를 찾아요."

나는 고개를 끄덕였다.

3

　나와 정희원은 낙원의 중심 상가를 지나 낮은 언덕길로 향했다.

　보통 성주가 머무르는 곳은 화려한 내성의 궁정이기 마련이다. 피스 랜드에서도 그랬으니까. 하지만 낙원의 성주는 좀 남다른 데가 있었다. 언덕에 가까워질수록 〈에덴〉의 성좌들이 격렬한 반응을 보였다.

　[성좌, '악마 같은 불의 심판자'가 눈을 부릅뜹니다.]
　[성좌, '젊은이와 여행자의 수호자'가 불편한 심기를 드러냅니다.]

　젊은이와 여행자의 수호자. 새로운 대천사의 수식언도 보였다. 간접 메시지에서 느껴지는 희미한 존재압으로 가늠해보자

면, 최소 우리엘급인 것 같았다. 아무래도 〈에덴〉 3대 천사급
인 듯한데.

　[성좌, '긴고아의 죄수'가 당신이 한바탕 날뛰기를 기대합니다.]
　[성좌, '심연의 흑염룡'이 당신의 성흔을 궁금해합니다.]

　거기다 제천대성에 흑염룡까지. 오랜만에 채널 단골 3인방
이 모두 모였다. 제천대성은 지난번 성운 창설 때 도움을 받은
일도 있고 해서, 반가운 마음이 들었다.

　[성좌, '긴고아의 죄수'가 여의봉으로 코를 후빕니다.]

　간접 메시지만 보면 이 녀석이 그 포스 넘치던 제천대성이
라고는 믿기지 않았다. 실은 간접 메시지를 대필시키고 있는
건 아닐까? 가령 그때 본 그 분신이라든가. 어쨌거나 이제 '은
밀한 모략가'만 오면 초반 4인방이 모두 모이는 건데……

　[성좌, '은밀한 모략가'가 흥미로운 눈으로 사태를 관망합니다.]

　생각하기가 무섭게 마지막 녀석까지 왔다.
　은밀한 모략가.
　지난번 연회에서 딱 하나 아쉬운 점이 있다면 녀석의 얼굴
을 확인하지 못한 것이다. 설화급 중에서도 최상급이 분명한

데, 아무리 생각해도 녀석의 수식언은 멸살법에서 본 기억이
없었다.

갑자기 의문이 든다. 이 정도로 강력한 성좌가 원작에 언급
도 되지 않을 수 있나?

[다수의 성좌가 당신의 행동에 주목합니다.]

"다 왔어요."

정희원의 말에 나는 언덕으로 올라가는 길목에서 멈춰 섰
다. 언덕 위에 하얀 칠을 한 벽돌집이 보였다. 언덕 위의 하얀
집이라. 거주자의 취향을 의심하지 않을 수가 없다.

"저는 여기서 기다릴게요. 무슨 일 있으면 바로 부르세요."

고개를 끄덕였지만, 내가 불러도 정희원이 바로 달려오지
못할 거라는 사실은 이미 알고 있었다.

적어도 낙원에서는 낙원성주를 이길 수 있는 존재가 없을
테니까.

길을 따라 쭉 올라가자 이윽고 벽돌집 곁에 붙어 선 그림자
가 나타났다. 훤칠한 키에 조각처럼 아름다운 외형의 사내가
서 있었다.

"아, 오셨군요."

[제4의 벽]이 없었다면 나조차 숨을 멈출 수밖에 없었을 정
도의 아름다움. 유중혁도 잘생겼지만, 이 녀석은 아예 인외人外
라고밖에 표현할 수 없을 것 같은 외모다. 말하자면 악마적인

아름다움이랄까.

"죄송합니다만, 잠시만 기다려주십시오. 이 녀석이 낯을 많이 가리거든요."

사내는 언덕에 핀 꽃에 물을 주는 중이었다. 꽃은 허공을 향해 피어 있었다. 하늘을 집어삼키려는 듯 탐욕스레 꽃잎을 벌리고 있지만, 한편으로 자신은 그저 작은 꽃일 뿐이라는 듯 얌전하게 돋아난 암술.

나는 그 꽃의 이름을 알고 있었다.

"영구기관永久機關이군요."

본래는 외부에서 에너지를 공급받지 않고도 영원히 일하는 가상의 기관을 이르는 총칭이지만, 이곳에서는 그저 꽃 이름일 뿐이었다.

"이 식물을 아십니까?"

"매일매일 새로 피는 꽃이죠."

"식견이 대단하시군요."

물론 멸살법을 읽어서 아는 내용이었다.

낙원의 꽃, '영구기관'. 이 꽃은 새벽녘에 봉오리를 틔워 밤이 될 무렵 열매를 맺는다. 열매는 새벽이 되기 전 땅에 떨어지고, 식물은 다시 그 열매를 비료로 꽃을 피운다. 영구기관은 그것을 영원히 반복하는 식물이다.

사내는 그 꽃이 무척 사랑스럽다는 듯 말했다.

"아무리 봐도 질리지 않는 아이지요. 이 꽃의 생명력은 정말 경이롭습니다."

"하지만 잘못 지어진 이름이죠. 정말 '영구기관'이라면 저 꽃은 물 없이도 잘 자라나야 하니까."

"이렇게 아름다운 꽃을 피우는데, 그 정도 흠결은 애교로 볼 수 있지 않겠습니까?"

사내가 작게 웃으며 나를 보았다.

"다시 소개하지요. 제 이름은……."

"낙원성주, 라인하이트 폰 제르바."

당연히 나는 그를 잘 알고 있었다.

그는 멸살법의 십악 중에서도 유명하니까.

라인하이트가 새하얀 미소를 지었다.

"반갑군요, 김독자."

역시 저쪽도 내가 누군지 이미 알고 있었군.

[전용 스킬, '등장인물 일람'을 발동합니다!]

[해당 인물의 관련 정보가 지나치게 많습니다. '등장인물 일람'이 '등장인물 요약 일람'으로 변환됩니다.]

[사용자 편의에 따라 임의로 지정한 항목만 표시됩니다.]

〈등장인물 요약 일람〉

이름: 라인하이트 폰 제르바

전용 특성: 악마 후작(영웅), 불가능한 망상을 좇는 자(영웅)

전용 스킬: [악마의 눈 Lv.10] [최상급 무기 연마 Lv.10] [상급 정신 방벽 Lv.10]······.

성흔: [낙원의 주인 Lv.10]

종합 능력치: [체력 Lv.99] [근력 Lv.99] [민첩 Lv.99] [마력 Lv.99]

* 해당 인물의 암흑성 랭킹은 2위입니다.

정말 대단한 능력치였다.

종합 능력치는 시나리오의 제한 기준을 돌파했고, 거의 모든 스킬의 숙련치가 최대치에 도달해 있었다. 아마 지금 라인하이트는 이번 시나리오가 규정한 '한계' 그 자체일 것이다.

내 시선을 어떤 의미로 받아들였는지 라인하이트가 손사래를 쳤다.

"그렇게 적의를 불태우시면 곤란합니다. 영구기관이 상하거든요."

"왜 나를 불렀습니까?"

"소문만 무성한 존재가 궁금했습니다. 당신이 이 시나리오에 진입한 순간부터 온갖 존재가 시끄럽게 떠들었거든요."

라인하이트는 지금까지 만난 십악과는 다르다. 공필두나 이설화가 성장 중인 십악이었다면, 라인하이트는 이미 완성에 가까운 십악이었다.

"당신 같은 존재가 이 시나리오에 들어오다니, 저로서는 위협을 느끼지 않을 수가 없습니다."

"랭킹 2위 '악마 후작'치곤 겸손이 과하군요."

"거기까지 알고 계셨습니까? 사전 조사가 철저하십니다."

녀석의 돌아선 등을 보며, 불쑥 욕구가 솟았다.

……지금 기습할까? 망설여졌다. 싸움이 쉽지는 않을 것이다. 승부의 향방도 확실히 장담할 수 없었다. 하지만 그것이 망설임의 진짜 이유는 아니었다. 그러니 이 망설임은 아마도.

"제 세계에서 '암흑성'은 34번째 시나리오였습니다."

녀석의 '낙원'을 직접 보았기 때문일 것이다.

라인하이트는 언덕 아래로 펼쳐진 낙원의 정경을 보며 말했다.

"팔백 년 전, 이곳에 처음 떨어진 순간을 기억합니다. 그때 이 평원에는 아무것도 없었지요. 주어진 것은 오직 '랭킹'뿐. 화신들은 아무 시나리오도 내려오지 않았음에도 서로 해치고 죽이는 데 여념이 없었습니다."

나는 처음으로 시나리오를 받았을 이들을 상상해보았다. 암흑성의 모든 존재는 시간이 지나며 악마화가 진행된다. 그러니 최초로 암흑성에 온 화신들도 처음부터 악마는 아니었을 것이다.

"오로지 '더 높은 곳'으로 올라가기 위해, 더 '강한 존재'가 되기 위해. 제한 시간도 실패 조건도 없는 이곳에서, 그들은

'더 높은 랭킹'만을 위해 모든 것을 던졌습니다. 끝없는 전쟁. 그것만이 이야기가 사라진 곳에서 화신이 할 수 있는 '유일한 시나리오'였으니까요."

시나리오가 사라졌다고 해서 반드시 행복해지는 것은 아니다. 성좌든 화신이든, 모든 존재는 결국 '이야기'를 필요로 한다. 하지만 라인하이트는 그 전제에 동의하지 않았다. 누군가의 시나리오 속 장난감이 되는 데 지긋지긋해진 그는, 시나리오의 노예가 되기를 거부했다.

"그래서 저는 이 낙원을 만들었습니다."

"……."

"도깨비는 이 평원을 '시나리오의 무덤'이라 부르지만, 나는 아닙니다. 비록 오랜 세월 속에 피를 뒤집어쓴 악마가 되었지만, 나는 시나리오가 사라진 이곳에서 진짜 삶이 피어날 수 있다고 믿습니다."

절절한 감상이 담긴 말이었다. 만약 내가 원작을 읽지 못했더라면, 그의 신념에 그저 감탄하고 말았을지도 모른다.

「가장 순수한 악.」

작중 유중혁은 라인하이트를 그렇게 불렀다.

"성좌 김독자. 당신은 '다음 시나리오'로 갈 생각이겠지요."

"그렇습니다."

"포기하십시오. 그런 것은 존재하지 않습니다."

예상대로, 그렇게 말할 줄 알았다.

"팔백 년 동안 살면서, 당신과 같은 존재를 본 게 처음이 아닙니다."

"……."

"무수한 강자들이 숨겨진 시나리오를 찾아 나섰지만, '암흑성'을 클리어한 자는 없습니다. 모두가 시나리오의 공허 속에 절망하고 좌절했을 뿐이지요."

그는 계속해서 말했다.

"나는 당신이 그들처럼 되기를 원하지 않습니다."

"원하는 게 뭡니까?"

"나와 함께 낙원을 지켜주십시오. 당신 도움이 필요합니다."

나는 라인하이트를 잠시 보다가, 그의 곁에 피어 있는 영구기관을 물끄러미 내려다보았다. 그리고 영구기관의 꽃잎을 향해 손을 가져갔다.

깜짝 놀란 라인하이트가 나를 만류하기도 전에, 부르르 떨린 꽃이 순식간에 쪼그라들며 열매가 되어 떨어졌다. 떨어진 열매는 급격하게 썩더니 이내 언덕 아래로 굴러떨어졌다.

마침 인근을 지나던 경비대의 발치로 굴러갔지만, 그들은 열매를 본체만체했다. 경비대는 낙원의 썩은 부분을 도려내기에 여념이 없었기 때문이다.

"으, 으으…… 풀어줘! 잘못했다고!"

"겨우 물건 하나 훔쳤다고 이럴 필욘 없잖아!"

낙원의 범죄자들이 언덕 아랫길의 지하도로 이송되고 있었다. 나는 그들이 어디로 끌려가는지 알고 있었다.

[일부 성좌가 불쾌한 웃음을 흘립니다.]

영구기관이 존재하지 않듯이 낙원도 공짜로 유지되지는 않는다.

저들은 아마 이 낙원의 비료가 될 것이다. 썩은 열매가 식물의 비료가 되듯이. 지하 깊은 곳에서 작은 지진파가 일었다. 어디선가 끔찍한 괴수종의 울음이 들려오는 것 같았다.

"라인하이트. '낙원'은 없습니다. '영구기관'이 존재할 수 없는 것처럼."

라인하이트는 대꾸하지 않았다. 내가 어디까지 아는지 시험해보는 듯한 눈빛. 곧 그 여유를 후회하게 될 것이다.

"내게 '다음 시나리오'를 넘기십시오."

라인하이트 눈에 처음으로 당황의 기색이 스쳤다.

"당신이 이미 칠백 년 전에 시나리오를 찾았다는 걸 압니다. 정확히는 당신을 비롯한 몇 명의 강자가 그걸 찾았죠."

"그걸 어떻게……."

"심지어 당신은 그 시나리오에 도전한 적도 있습니다. 그렇지 않습니까?"

"……."

"하지만 당신은 실패했고, 혼자 살아남았습니다. 그리고 이 낙원을 만들었죠."

꽃잎을 돌보던 그의 손끝이 거칠게 떨리는 모습을 나는 놓치지 않았다.

그는 사람들에게 삶을 찾아주기 위해 이곳을 만들었다고 했다.

사실이 아니다. 이곳은 그저 불가능한 시나리오에 대한 도피처일 뿐이니까.

"스타 스트림의 모든 '시나리오'는 자극을 위해 존재합니다. 그런데 이 낙원에는 그럴 만한 게 없죠. 모든 것이 너무 평화롭습니다."

"……"

"도깨비들과의 '거래'가 언제까지나 유효할 거라 믿지 마십시오. 스타 스트림은 결코 이런 공간을 오래도록 허용하지는 않을 겁니다."

잠시 말이 없던 라인하이트가 천천히 입을 열었다.

"……성좌 김독자. 또 뭘 알고 있지?"

말투가 바뀌었다. 그의 전신에서 희미하지만 확고한 적의가 스멀스멀 흘러나왔다. 방금 그 대화로 나에 대한 태도를 바꾼 것이다. 기대할 만한 조력자에서, 누구보다 위협적인 적으로.

"전부 다. 어쩌면 당신이 모르는 것까지."

멀리 암운이 밀려오고 있었다. 이런 상황에서 우연히 암운이 몰려올 리 없으니, 저 비구름은 분명 도깨비 놈들 연출이겠지. 간섭하지 않는다고 놈들이 정말로 모든 것을 방관하는 것은 아니다.

왜냐하면 이 세계에서는 '시나리오가 없는 시나리오'조차 시나리오가 되니까.

나는 가볍게 한숨을 쉬며 비극의 마침표를 준비했다.

"라인하이트. 당신은 죽고 낙원은 멸망할 거야."

4

'내가 죽고 낙원이 멸망한다고?'

김독자가 떠난 뒤 라인하이트는 한참이나 멍한 얼굴로 언덕 아래를 내려다보았다. 처음 그 말을 들었을 때는 어이가 없어서 웃었다. 하지만 김독자의 표정이 변하지 않자 그 역시 웃음을 멈출 수밖에 없었다.

화가 났다.

아무리 성좌가 된 존재라 해도 그의 발언은 도를 넘었다. 성좌라고 처음부터 최강의 존재는 아니다. '스타 스트림'에서 72좌의 마왕들이 풋내기 성좌를 집어삼키는 일은 그리 드물지도 않았다.

게다가 김독자는 반쪽짜리 성좌에 불과했다.

[성좌, '심연의 흑염룡'이 '김독자'의 말을 좌시하지 말라고 경고합니다.]

그러니 '심연의 흑염룡'이 그를 두둔했을 때, 라인하이트는 놀라지 않을 수 없었다.

'심연의 흑염룡'이 누군가? 저 높은 72좌의 마왕조차 얽히기 꺼리는, 절대악 중에서도 유명한 개차반 아니던가. 흉벽 아래로 정렬해 있는 낙원의 병사들이 보였다. 든든한 그 모습을 보며 라인하이트는 애써 초조한 심경을 감추었다.

낙원은 결코 멸망하지 않는다.

그는 늙었지만 아직 건재했다. 칠백 년 동안 이곳을 혼자 지켜왔다. 그러니 앞으로도 이곳은 괜찮을 것이다. 시나리오에 고여 미쳐버린 중독좌中毒座들이 오더라도, 낙원에서 싸우는 한 그는 지지 않으니까.

'오히려 위험한 쪽은……'

양질의 설화를 이룩한 존재가 '암흑성'에 온다는 것이 얼마나 끔찍한 일인지 김독자는 아직 모른다.

툭.

영구기관의 썩은 열매가 떨어지고, 라인하이트도 언덕 너머로 모습을 감추었다.

꽃 꽃 꽃

그 자리에서 전투가 벌어지면 어쩌나 싶었는데, 다행히 라인하이트는 덤벼들지 않았다. 거기서 싸웠으면 분명 낙원 전체가 뒤집혔겠지.

여기서 라인하이트를 꺾는다면 일은 순조로워지겠지만, 나는 엄청난 타격을 받을 테고 낙원의 화신들은 나에 대한 원망을 키울 것이다.

그렇게 되어서는 곤란했다.

설령 낙원이 붕괴하더라도 외부의 적에 대한 분노가 아니라 낙원 자체가 가진 모순 때문이어야 했다.

"……이야긴 끝났어요?"

"네."

정희원이 언덕 아래에서 나를 기다리고 있었다. 여전히 마음의 갈피를 잡지 못한 얼굴. 아마 나에 대한 의리와, 낙원이 주는 안락함 사이에서 고민하겠지. 나는 고민을 조금 덜어주기로 했다.

"희원 씨, 잠깐 쇼핑이나 좀 할까요?"

우리는 걸음을 맞춰 거리를 걸었다. 시끌벅적한 상점가 소음.

"이렇게 한가하게 걷는 건 오랜만이네요."

"그러게요."

어색한 침묵이 계속되자 정희원이 먼저 말을 걸었다.

"나한테 뭐 궁금한 거 없어요?"

"뭘 물어볼까요?"

뭘 물어봐야 할지 실은 알고 있다.

하지만 알기에 묻지 않는 것도 있었다.

"음…… 좋아하는 색깔이라든가 아니면 음식이라든가."

"소개팅에서도 안 할 법한 질문인데요."

"독자 씨 소개팅도 해봤어요?"

"……너무하시네요."

"그게 아니라…… 독자 씨 살짝 샌님 스타일이니까요. 뭔가 운명적인 만남을 원할 것 같은 느낌이랄까."

정곡을 찔린 느낌이었다. 실제로 나는 소개팅을 한 번도 못 해봤다. 정확히는 그럴 시간이 없었다. 정희원이 계속해서 말했다.

"우리, 한 번도 그런 이야길 해본 적은 없으니까요."

"……."

"서로 무슨 일을 하며 살았고, 학교는 어디 나왔는지. 핸드폰 번호는 뭐고, 사는 곳은 어디였는지. 그리고……."

풍경이 느릿하게 흘러갔고 정희원의 목소리도 조금씩 잦아들었다. 말을 하면서 스스로 알았을 것이다. 그런 이야기를 하기에는 너무 많은 시간이 지나버렸다는 사실을.

그녀가 살던 동네는 파괴되었을 것이고, 그녀가 쌓아온 역사를 기억하는 사람들은…… 아마 살아 있지 않을 것이다. 고작 몇 달 사이 우리에게 일어난 일이었다.

"돌아가도…… 이제 예전 같은 서울은 없겠죠?"

"없을 겁니다."

열 번째 시나리오가 끝나면, 서울 돔은 부서지고 화신들은 해방된다.

하지만 또 다른 지옥의 시작일 뿐이다. 수도 지역의 돔에서만 발생하던 '시나리오'가 그때부터는 전세계로 확대된다는 뜻이니까.

"그럼 왜 시나리오를 계속해야 하는 거죠? 우리가 알던 게 아무것도 남아 있지 않은데. 돌아갈 곳도 없는데."

그것이 화신이 '낙원'을 거부할 수 없는 이유였다.

정희원도, 금호역 모녀도, 펑키즈 김영팔도 마찬가지다. 이곳은 자신의 낙원을 잃은 사람이 모이는 곳이니까.

정희원이 고개를 푹 숙였다.

나는 일부러 그쪽을 바라보지 않은 채 입을 열었다.

"희원 씨는 칼을 잘 쓰죠."

"……."

"우리 중 누구보다 불의 앞에서 냉정해요. 특히 강자의 횡포에는 더욱 민감하죠."

나는 천천히, 내가 아는 이야기를 시작했다. '원작'에 나오지 않았다고 해서 내가 정희원을 모르는 것은 아니다. 나는 그 어느 때보다 더 열심히 원작을 읽는 중이니까.

"항상 맨 앞에서 싸우고, 한 번도 힘들다고 불평한 적이 없어요."

정희원은 입을 꾹 다문 채 이야기를 들었다. 나는 계속해서 말했다.

"상처받아도 누구한테 털어놓지 않고, 의심스러운 구석이 있어도 그 사람을 믿는다면 묻지 않는 게 신의라고 생각하죠."

나는 정희원을 생각했다. 내 수상한 행동을 믿어주던 정희원. 금호역에서 나를 대신해 싸우던 정희원.

"누구보다 인간을 불신하지만 실은 정이 많고, 일행이 위험에 빠지면 가장 먼저 달려오고요."

도깨비의 농간에 뿔뿔이 흩어지자 필사적으로 일행을 찾던 정희원. 까칠해 보이지만 실은 작은 농담에도 상대방 기분이 상할까 조심스러워하던 정희원.

"이만하면 저도 정희원 씨에 대해 조금은 알지 않습니까?"

정희원은 고개를 숙인 채로 말했다.

"저는 그런 사람 아니에요."

"하지만 그게 제가 본 정희원 씨입니다."

정희원이 시선을 피하며 쓸쓸하게 웃었다.

"……독자 씨 소개팅 나가면 말 잘하겠네요."

"정희원 씨가 시나리오를 계속했기 때문에 제가 알 수 있던 것들입니다."

반쯤 벌어진 정희원의 입술이 그대로 멎었다. 나는 굳게 닫힌 낙원의 성문을 보며 말했다.

"그래서 저는 시나리오를 계속해야 한다고 믿습니다."

우리가 돌아갈 곳은 없다. 아마 머무를 곳도 없을 것이다. 하지만 적어도 이야기는 계속되고, 이야기가 계속되기 때문에 간신히 알 수 있는 것들이 있다.

조심스레 입술을 깨문 정희원이 말했다.

"너무 어려워서 무슨 말인지 잘 모르겠어요. 전에 말했잖아
요. 나 학교 다니다 말았다고."

"희원 씨가 어떻게 행동하기를 바라고 하는 말이 아닙니다.
참고로 말씀드리면, 저도 학교를 그다지 성실하게 다니진 않
았어요."

"……"

"희원 씨는 그저 희원 씨 방식대로 살아가면 됩니다."

나는 그 말과 함께 '거래소'를 열었다.

[제작 의뢰를 맡긴 아이템이 도착했습니다.]

타이밍 좋게, 제작을 의뢰한 물건이 완성되었다. 화룡종 뼈
와 악마 심장, 그리고 몇몇 괴수의 핵으로 만든 아이템이었다.
세상에서 오직 정희원만 쓸 수 있는 아이템.

원작에서도 3대 심판자만 사용할 수 있는 아이템이었다.

나는 제작 대금 10만 코인을 일시불로 지급하고 아이템을
넘겨받았다.

[당신은 '심판자의 검'을 '정희원'에게 주었습니다.]

놀란 정희원이 얼떨결에 검을 받아 들었다.

"이건……?"

"같이 쇼핑하기로 했잖아요. 제가 드리는 선물입니다. 전에 쓰던 칼 망가졌죠?"

"난 이런 걸 받을 자격이 없어요."

'심판자의 검'. 세상에서 가장 정확한 멸악을 위해 만들어진 검. 나는 칼자루를 정희원의 손에 쥐여주며 말했다.

"아뇨, 희원 씨만이 이 칼을 쓸 자격이 있습니다."

✡ ✡ ✡

"완전 인성 글러먹었네. 너 진짜 이렇게 떠나려고?"

멀어지는 낙원. 한수영이 자꾸만 뒤를 돌아보며 물었다. 나는 돌아보지 않은 채 대답했다.

"여기서 할 일은 다 끝났어."

"끝나긴 뭐가 끝나?"

원작대로 흘러간다면 낙원은 반드시 파괴될 것이다. 긴 시나리오 끝에 도달한 화신들의 평화는 무참하게 부서질 것이다. 내가 막아야 하는가? 그럴 수는 없다. 낙원이 있는 한 이 시나리오는 끝나지 않을 테니까.

"낙원은 어차피 내 몫이 아니야."

"아하, 원작 흐름에 맡기시겠다…… 네가 직접 할 수도 있는데 왜?"

"라인하이트는 지금 잡기는 벅차고, 잡아봤자 안 좋은 설화만 생길 거야. 지지자가 너무 많으니까."

설화가 꼭 '좋은 효과'만 가지는 것은 아니다. 어떤 설화는 가지고 있는 것 자체로 능력치가 떨어지기도 한다.

"뭐, 그건 그렇다 쳐. 그러면 일행들 다 두고 온 건 무슨 심보야?"

"일행들도 좀 쉬어야지."

"뭐? 쉬어? 솔직히 말해봐. 너 삐진 거지? 네가 이것저것 잘해줬는데 다들 처음 만난 악마 나부랭이한테 넘어가버렸잖아. 특히 정희원인가 뭔가 하는 걔는……."

"정희원은 그럴 만해. 지금까지 충분히 힘들었으니까."

한수영이 콧방귀를 뀌었다.

"웃기시네. 네가 무슨 짓을 했는지 제대로 알긴 하냐? 낙원은 곧 멸망할 거야. 그리고 걘 아무것도 모르는 채 너한테 칼받아서 좋아하고 있다고."

"스스로 선택했으니, 책임도 스스로 지는 거야."

"악마 새끼……."

어떤 상처는 우리를 무너뜨리지만, 어떤 상처는 우리를 더 강하게 만든다. 악마 같다고 말해도 어쩔 수 없다. 그게 내 방식이니까.

한참이나 투덜대던 한수영이 입을 열었다.

"흐음…… 근데 김독자."

"왜."

"그럼 나는 왜 데려가는 건데?"

"넌 도움이 되니까."

입술을 비죽이던 한수영이 갑자기 분신을 소환해 때리기 시작했다. 잘 보니 분신의 얼굴이 나를 닮은 것 같다. 저 분신, 얼굴도 바꿀 수 있는 거였지.

"뭐 하는 거냐?"

"훈련."

훈련이라기에는 일방적 폭행처럼 보이는데. 게다가 어쩐지 아파 보이는 곳을 집중적으로 때린다. 한참이나 나를 두들겨 패며 걷던 한수영이 물었다.

"그래서 이제 뭐 하려고?"

"사나흘 정도 시나리오 제쳐두고, 히든 피스 찾으면서 설화를 모을 거야."

히든 피스라는 말에 한수영의 입꼬리가 작게 실룩거렸다.

"웬일로? 너 메인 시나리오에 열중하는 타입이잖아?"

"이번엔 사람들한테도 좀 맡기려고. 지금까지 나 혼자 이것저것 하느라 힘들었거든."

생각해보면 너무 혼자서만 애썼다.

유중혁 자식도 뭔가 열심히 하는 것 같지만 은근히 중요할 때는 도움이 되지 않았단 말이지. 범람의 재앙 때도, 피스 랜드 때도 내가 돕지 않았다면 모두 끝장났을 테고.

보나 마나 내가 열심히 시나리오 준비할 동안, 여기저기 히든 피스나 찾아 돌아다녔으니 그 꼴이 났겠지.

그러니 이번에는 놈이 제대로 움직여줘야 할 때다.

나는 씩 웃으며 말했다.

"우린 지금부턴 회귀자 흉내나 좀 내보자고."

[PART 1 – 08에서 계속]

전지적 독자 시점

전지적 독자 시점 PART 1 - 07

1판 1쇄 발행 2022년 1월 20일 **1판 6쇄 발행** 2024년 8월 9일
지은이 싱숑
펴낸이 박강휘
편집 박정선, 박규민 **디자인** 홍세연, 윤석진

발행처 김영사
주소 경기도 파주시 문발로197(문발동) 우편번호10881
등록 1979년 5월 17일(제406-2003-036호)
주문 및 문의 전화 031)955-3200 **팩스** 031)955-3111
편집부 전화 02)3668-3291 **팩스** 02)745-4827 **전자우편** literature@gimmyoung.com
비채 블로그 blog.naver.com/viche_books **인스타그램** @drviche, @viche_editors
트위터 @vichebook
ISBN 978-89-349-6737-8 04810 책값은 뒤표지에 있습니다.

비채는 김영사의 문학 브랜드입니다.